Franziska König

Der arme Verliebte

Der schlanke

Roman
des Monats

November

Meinem innig geliebten Onkel Hartmut
zum 79. Geburtstag zugeeignet

© Dezember 2024 von Franziska König
Cover: „Buz". Ein wertvolles Gemälde von Erika König
Covergestaltung: Franziska König & Agentur Baumfalk Aurich
Verlag: BoD · Books on Demand GmbH, In de Tarpen 42, 22848 Norderstedt
Druck: Libri Plureos GmbH, Friedensallee 273, 22763 Hamburg
ISBN:978-3-7693-1927-9

Franziska (Kika) im Jahre 1998
in einem Fotomaton in Wien

Aus dem Leben einer Geigerin

Unser Leben währet 840 Monate und wenn es
hoch kommt, so sind´s 960.
Monate, die sich im Nachhinein in schlanke bis
vollschlanke Romane verwandeln.

Willst Du mich einen Monat lang begleiten?

Die meisten Vorkömmlinge
finden sich im Personenverzeichnis
am Ende des Buch

Hier die Familie vorweg:

Opa, Dichter, Denker und Rentner in Österreich
(*1909)
Oma Mobbl, Pianistin und Ehefrau des
Vorhergehenden (*1910)
(Die Großeltern mütterlicherseits)
Oma Ella, Großmutter väterlicherseits in
Grebenstein (*1913)
Buz (Wolfram), unser Papa (*1938) Professor für
Violine an der Musikhochschule in Trossingen
Rehlein (Erika), unsere Mutter (*1939)
Ming (Iwan), mein Bruder (*1964)
Lindalein, (*1973) unsere Kusine aus Amerika, die
von 1997 bis Anfang 2000 bei uns in Europa lebte

Ein Buch ohne Vorwort.
Du kannst gleich anfangen zu lesen…

November 1998

Sonntag, 1. November
Trossingen (Lauchringen)

Stürmisch, windig und nieselig.
Aber als ich Mittags in der Kirche übte,
flutete die Sonne herein

Vorwissen:

In meiner bescheidenen Dachgebälkswohnung beherbergte ich einen ostfriesischen Jüngling, der ein Auslandsjahr in Süddeutschland absolvierte. Streng genommen war es jedoch kein Jahr, sondern nur eine Woche. Aber Süddeutschland befindet sich ja auch nicht im Ausland.

In der Morgenblässe tobte ein gischtiger Sturm wie in einer Autowaschanlage. Ich lag in meinem bleichen Nachtgewand im Bett, und sinnierte einem Traum hinterher:

Nachts in einem Eisenbahnabteil.

Mir gegenüber saß Buzens treuer Jünger Franz, und rang umständlich nach einer Antwort auf eine eher lose dahin gepfefferte Frage meinerseits: „Und? Wie sehen deine Pläne aus?“

Er habe vor, demnächst Selbstmord zu verüben. Das, was er im Leben zu sagen hatte, sei gesagt, und Frau und Tochter habe er gut abgesichert, indem er schon vor vielen Jahren eine erweiterte Lebensversicherung eingegangen ist, die auch im Falle eines Suizides zahle.

Nachdem ich zuende sinniert hatte, erhob ich mich mühsam. Der kleine Tino war schon lange wach und hatte das Heldenbuch, das er bei sich führte, wieder von vorne begonnen, weil ihm hier vielleicht langsam langweilig wird.

„Ich hole uns ein paar Brötchen!", rief ich unbeholfen.

„In Ordnung", sagte der Lesende auf seine sanfte fleischlose Art.

Durch wüst vor sich hintobendes Gischtregenwetter trug ich meinen schönen Schirm, der mehrfach aus der Verankerung gerupft zu werden drohte, in die Bäckerei und wieder zurück.

Daheim deckte ich den Frühstückstisch und der Tino krümmte, grad so wie in den empörenden Geschichten von Rehlein und Mobbl, keinen Finger.

Nach dem Frühstück verließ er das Haus, um in der Musikhochschule in verschiedenen Unterrichtsklassen zu hospitieren, und am Wissen der Professoren zu nippen.

Ich selber blieb daheim und schaute mir im Televisor ein Ehedrama an. Anders als ein normaler Mensch, der den Tag gerne mit einem wohlverdienten Feierabend ausklingen lässt, läute ich wiederum den Tag gern mit einem (noch) unverdienten Feier*morgen* ein.

Die Ehe eines vermögenden Geschäftsmanns mit einem simplen Blödchen (man verzeihe mir die Wortwahl!) war in die Brüche gegangen. Frisch geschieden, überglücklich und bereichert um 8,5 Millionen Mark verließ „meine zukünftige Exfrau", wie das Blödchen von seinem Mann eben noch scherzend betitelt worden war, den Gerichtssaal.

Gleich daran anschmiegend knabberte ich das nächste Ehedrama an, das ich allerdings bereits gekannt habe: Dorneck gegen Dorneck. Es handelte von einem eifersüchtigen Ehemann mit aufgeschäumter Konzertpianistenfrisur. Einem Pudelkrönchen auf dem Haupt.

Ein fürchterliches Drama, das mit Schüssen im Gerichtssaal endete: Der Ehemann erschoss seine Frau und sich selber, bevor die Scheidung von berufenen Lippen ausgesprochen werden konnte, so daß man als rechtmäßiges Ehepaar Einlass an der Himmelspforte begehrte.

„Wie bitte?? Sie haben soeben Ihre Frau erschossen!" zürnt Petrus. Doch das ist eine andere Geschichte.

Rührenderweise wurde ich auf die Sekunde pünktlich um 14.30 h zum Konzert nach Lauchringen abgeholt. Dem anvisierten Ort zur Huld hatte Buz das Auto mit jungem Gemüse, sprich, musikalischen Setzlingen gefüllt, um das höchstwahrscheinlich dünn gesäte und überalterte Publikum aufzufüllen und ein wenig zu verjüngern.

Der kleinen Tino auf der Rückbank war von zwei Damen umrahmt: Buzens neuer und lebhafter taiwanesischen Schülerin „Hanlin", sowie der jungen Französin Marie-Hélène - erinnernd an einen verschüchterten und doch humorvollen kleinen

Maulwurf, der ans Licht geführt werden soll. In ihrem Mäntelchen hatte sie sich ganz klein gemacht und schaute dennoch gnitz und erwartungsfroh hervor. Buz war lustig und vergnügt, da er sich im Kreise der jungen Leute so wohlfühlte.

Die Kirche von Lauchringen sah von außen enttäuschend aus: Ein wettergegerbter, schmuddeliger und plumper Betonklotz. Innen war es jedoch sehr hübsch und wohnzimmerlich gemütlich: Helles freundliches Kirchenmobilar - direkt vom Baumarkt!

Willkommengeheißen wurden wir von einer netten alten Dame und dem Geistlichen, Herrn Ihle. Ich war überrascht: Er, den ich am Telefon für einen gutmütigen älteren Herrn gehalten hatte, entpuppte sich als ganz junger Mensch mit roter, gemähter und flächendeckender Burschenfrisur, sowie einem farblich passenden ausufernd zierenden Schnauzbart, für den er eigentlich noch zu jung schien, so daß es im übertragenen Sinne ein bißchen so gewirkt hat, als habe ein Dreijähriger sich bereits mit einem Verdienstorden geschmückt. Ein sehr netter Herr, der mir später nach der Darbietung gar ein Sträußlein überreicht hat.

Dann begann das Konzert.

33 Hörfreudige waren erschienen, doch ganz genial wurde es leider nicht. Buzens Worte, daß ich kräftig, am Steg, obertonreich und vibrierend spielen solle, hatte ich noch im Ohr, und bemühte mich drum, seine guten Lehren umzusetzen.

Auch zum Publikum fand ich nicht den rechten Draht. Zwar wurde am Ende der Sätze applaudiert, doch wenn ich nach der Darbietung eines Werkes wiederkehrte und mich verbeugte, dann klatschte niemand mehr, so daß ich mich gedemütigt ins Leere verbeugen mußte. Man fühlt sich als Komiker, der vergebens auf eine erhoffte Lachsalve wartet.

Wenigstens war die C-Dur Fuge von Bach sehr gelungen, und dennoch konnte man keinen großen Triumph empfinden, da Buz sich eher gedämpft äußerte: „Schöön", sagte er (mit zwei öös und ohne Ausrufungszeichen, so wie hier zu sehen).

Im Landgasthof „Zollhaus" hielten wir eine Rast ab. Wir nahmen in der rustikalen Stube an einem Stammtisch Platz, und wurden immer vergnügter. Die jungen Leute inspirierten Buz durch ihre bloße Anwesenheit, so daß er seinen Liebesgram darüber stundenweise vergaß. Doch ob solch gesellige Zusammenkünfte nach Rehleins Gusto wären? Buz schleppte nämlich die Freizeit-Revue herbei, um uns unser Horoskop vorzulesen. Rehlein hätte dies als armselig empfunden, doch Buz ist ja ein einfacher Mensch.

Wir fuhren nach Trossingen zurück. An einer Stelle rief ich: „Nicht so hurtig!" und dann erörterten wir, was „hurtig" wohl auf chinesisch hieße: „Kuài". Alles heißt immer bloß „kuai" (schnell). Kann man im Chinesischen nicht zwischen hurtig, flott, ungestüm, rasend und geschwind differenzieren?

Ich erzählte, daß ich gelesen hätte, wie man in sieben Jahren Millionär wird: Zunächst solle man versuchen, ganz schnell 36 000 Mark zusammenzusparen, um ein Jahr lang sorglos leben zu können. Nicht mehr ausgehen, keine Autobahnraststätten besuchen, keine BILD-Zeitung mehr, und wenn man verreisen will nach einer kostenlosen Mitfahrgelegenheit Ausschau halten. Doch noch bevor die interessante Geschichte zuende erzählt worden war, fuhr Buz auf schnittige Weise in der Zeppelinstraße ein, wo es galt Hanlin und Marie-Hélène abzuliefern. Soeben lief eine sumo-kämpferische Gestalt durch die regenfeuchte, kalte Nacht. Der Fagottprofessor, bzw. natürlich Fagottopurofessa Kleinberg aus Japan war´s.

„Der Akio!" rief die Hanlin wissend, da es sich bei dem hochdotierten Professor offenbar um einen Nachbarn handelt, mit dem man nun die nächsten Jahre verleben wird, so daß man bereits aufs kumpelige „Du" geschaltet hatte. Wehmütig dachte ich darüber nach, daß die beiden Fräuleins sich nun am Beginn eines lebendigen und interessanten Studiums befinden, wo man jede Menge neue Leute kennenlernt, und mit hoher Wahrscheinlichkeit über kurz oder lang der Liebe seines Lebens begegnen wird; sei es in Form eines nochverehelichten oder aber frischgeschiedenen Professoren (=Chefarzts) oder eines Kommilitonen (=Patienten). Eine Variantensymphonie im Stile der Schwarzwaldklinik! Man selber nimmt in dieser übertragenen Gleichung die Rolle einer Krankenschwester ein.

Daheim bei mir warteten wir noch ab, bis der Tatort zuende aufgenommen war, damit wir endlich die „Lindenstraße" anschauen könnten.

Beim Warten darauf scherzte ich, daß wir den Tino gar nicht mehr abgeben müssten, denn seine Mutti hatte keine Quittung verlangt. „Wir könnten behaupten, wir hätten ihn ihr abgekauft!" sagte Buz, „und würden ihn hier als Diener aufstellen."

Der Tino schaukelte unentwegt auf dem leicht knarzigen Schaukelstuhl, und Buz las Mings amüsanten Brief vor, worin zu lesen war, daß sich der Onkel Eberhard einfach in ein falsches Auto gesetzt hat:

Der Onkel hielt einen Stapel alter Bücher von unvorstellbarem Wert im Arm, und wartete auf den Abholdienst. Als er das vermeintliche Auto an der Ampel stehen sah, riss er den Kofferraum auf, schmiss die Bücher hinein, riss die Beifahrertüre auf, setzte sich hektisch auf den Beifahrersitz und musste beschämt feststellen, daß er in ein gänzlich fremdes Auto gestiegen war.

Endlich hatte der „Tatort" ein Ende gefunden. Das Band spulte geräuschvoll zurück, und wir konnten mit dem Lindenstraßengenuss loslegen: *Die Berta als Sprechstundenhilfe ist nun gezwungen, mit der ihr so verhassten Lisa, die ein Auge auf den Hajo (Bertas Lebensgefährten) geworfen hat, zusammenzuarbeiten.*

Leider fühlt sich die arme Berta unverstanden und an den Rand der Gesellschaft gedrängt. Kein Mensch scheint sie zu verstehen, und der Hajo redet immer quer an ihr vorbei, so daß sie sich schließlich heulend ins Schlafzimmer eingeschloss.

Montag, 2. November

Sonnig.
Nur am Abend regnete es

In der Nacht litt ich wieder stark am Schreckensgespenst der postkonzertalen Depression: Sie mit ihren kalten, klammen Handschuhen griff nach mir. Ein Leiden, dem man hilflos ausgeliefert ist, wenn's denn erst nach einem gegriffen hat. All die positiven Denkschablonen, die einem zu gesunden Zeiten so überzeugend erschienen waren, verwandeln sich in viel zu enge Kleidungsstücke, in die hineinzusteigen einem nicht mehr so recht gelingen will. Plötzlich erfasst einen eine namenlose, kalte Angst davor, daß man schon bald 36 Jahre alt ist. Es zeigt sich die Ziellinie im Leben, und was hat man erreicht? Nichts! Dann dachte ich an das Sträußlein, das ich in Buzens Kofferraum vergessen hatte, und fühlte mich als schäbiger, desorganisierter Mensch.

An einer Stelle, kurz vor meinem Bett, hat sich ein abscheulich anzusehender bräunlicher Pilzbefall in die Wand hineingefressen. Dann begann auch noch meine entzündete Ferse zu schmerzen.

Aber als ich mich am Morgen erhob, war das nächtliche Leiden wie weggeblasen. Geträumt hatte ich, *daß Ming bei Herrn Kämmerling eine Lektion im Cembalospiel erhielt, und auf Art eines unwilligen Schülers ständig wüste Fratzen schnitt, wenn Herr Kämmerling mal kurz nicht hinschaute.*

Schließlich erhob ich mich zum Tagesgeschehen.

Der Tino saß wieder die ganze Zeit im Schaukel-stuhl und las zum Geknarze der Schaukelei in seinem Heldenbuch.

„Soll ich Brötchen holen?" frage ich jeden Morgen, da sich unser Zusammenleben schon ein wenig eingependelt hat.

„Das mußt du wissen!" sagte der kleine Tino, so wie einst unser Dienstmädchen Renette zu ihrer Brotherrin Rehlein zu sagen pflegte: „Das müssen Siej wissen!" (plattdeutsch eingefärbt), wenn Rehlein frug: „Was wollen Sie denn heute im Haushalt bewerkstelligen, Fräulein Renette?" Und so erzählte ich dem Tino rasch von der Renette, einem etwa 15 Jahre alten Fräulein, das von seinem Vater, einem robusten, fleißigen Herrn von praktischem Wesen, gerne als Dienstmädchen vermietet wurde. Dies geschah im Jahre 1976, als Kinderarbeit noch nicht so verpönt war wie heut.

Dann verließ ich das Haus, und blieb beklemmend lange aushäusig, dieweil mich das Dalton-Syndrom erfasst hatte, und sich immer noch etwas Anderes auf meinen Weg schob. Beispielsweise ein Besuch in der Volksbank.

Auf meinem Sparbuch befinden sich jetzt stolze 3100 Mark, doch es hat immer noch keine Zinsen getragen.

Tino und ich frühstückten heut mit Fernseh-untermalung. Wir schauten den Tatort „Engele, Engele, flieg!" Die Geschichte handelte von einem zweieinhalbjährigen Mädchen, das aus dem Fenster fiel.

Hoch oben aus einem grauen Plattenbau in irgendeiner trostlosen Großstadt stürzte das noch so frische Lebenslicht aus einer armseligen Küche in die Tiefe. In der Wohnung lebte eine alleinerziehende Mutti mit ihrem 14-jährigen Sohn. Die größte, oder vielleicht sogar einzige Freude in ihrem Leben war der Fernseher.

Mittags kochte ich: Es gab Geschnetzeltes mit Brokkoli, Mandelplättchen und Spaghetti, und während ich noch kochte, ist der Tino von der Orchesterprobe der Schulmusiker heimgekehrt.

„Und? Wie wars?"

„Gar nicht schlecht. Die Leute haben gut zusammengespielt!" meinte er fachkundig.

Leider tauchen in meiner armseligen kleinen Dachwohnung ständig neue Mängel auf, an die man zuvor gar nicht gedacht hätte: So wie in „Gunters Zimmer"* hie und da der Vorhang abbröckelt, fällt auch beständig der Herddeckel herab, wenn man es grad nicht brauchen kann. Der dampfende Topf mit der mühsam zurechtgeschnippelten Mahlzeit droht dann quer durch´s Zimmer geschubbst zu werden und Unheil anzurichten.

*Noch immer heißt das Zimmer so, obwohl ich die Wohnung im Jahre 1991 übernommen habe, nachdem der Gunter nach Amerika auswanderte

Als Buz kam, lief im Mittagsmagazin soeben ein kleiner Report über die röllchenfrisurige Komponistin Sofia Gubaidulina, die in Japan einen Preis eingeheimst hat - wo doch die Japaner von Tuten und Blasen keine Ahnung haben - so zumindest denken die Russen über ihre japanischen Artgenossen. Aber künstlerisch wertvolle Pornofilme drehen - das können die Japaner fantastisch! „Man denke nur an die beiden Streifen: „Im Reich der Sinne" und „Im Reich der Leidenschaft!", brach ich eine Lanze für die japanische Kultur.

Ich erinnerte mich, wie ich einst mit Mobbln im Kino saß: Wir schauten „Im Reich der Leidenschaft". (Packend und atmosphärisch von der ersten Sekunde an)

Zurück zum Mittagsmagazin und der preisgekrönten Komponistin. Sogar Gidon Kremer hatte sich für ihre Werke begeistert. Man sah und hörte ihn dabei, wie er einen langen Ton aushielt, während das Orchester ein geheimnisvolles Rascheln unterlegte. Es klang wie alle moderne Musik, so wie ja Mireilles Mutti angeblich ausschaut, wie alle deutschen Frauen. Dann gab die Tondichterin noch ein paar schwer zu deutende Worte von sich. Vielleicht sollte man es aber lieber anders formulieren: Worte, die sich auf die Schnelle nur mit Mühe deuten ließen. Irgendetwas mit vertikal und horizontal. (Leider in gänzlich unverständlichem deutsch)

Seiner Gewohnheit zur Huld ist Buz nach dem Essen losgezogen um Kuchen zu kaufen. Als er nach einer knappen viertel Stunde wieder zurückkehrte, schien er mir merkwürdig geläutert -

solcherart, als sei er auf dieser kurzen Wegstrecke einem Heiligen begegnet.

Ich spülte das Geschirr, und Buz sagte so rührend, daß er doch auch gerne mal spülen wolle und stellte dienstbeflissen den Wok, der doch gerade fertiggeputzt war, auf den Herd zurück.

„Du hast doch schon so einen köstlichen Kuchen besorgt, du lieber Schatz! Noch nützlicher machen kann man sich doch gar nicht!" sagte ich warm, da ich immer so außerordentlich nett zu Buzen bin, seitdem ich eigenohrig hatte mit anhören müssen, wie grob Tatjana P. mit ihrem alten Vater, dem berühmten Geiger Viktor Pikeisen umzuspringen pflegte.

Um 1987

In der städtischen Sparkasse einer schwäbischen Kleinstadt bereiteten sich Vater und Tochter auf einen Duoabend vor. Die Tochter am Klavier gab sich äußerst herrisch und dominant. Sie tobte herum wie eine unerbittliche Eislauftrainerin und schrie:

„Ритм! Вы должны играть ритмично!!!"

Zu deutsch „Riiiitmuss! Du musst riiitmisch spielen! Bang, bang, bang!!!" (Furchterregend und streng)

Der Kuchen - je ein magisches Dreieck mit Äpfeln und gerösteten Mandelplättchen - mundete uns sehr.

Buz mußte schon bald wieder in die Hochschule aufbrechen, und ich war mit dem kleinen Tino wieder allein. Inzwischen ist er etwas aufgetaut, und ich habe mich an das Leben an seiner Seite gewöhnt. Um ihn bei Laune zu halten, legte ich ihm den Film „Wenn alle Deutschen schlafen" ein. Eine Geschichte von Jurek Becker, der von seiner Kindheit erzählt, und der Tino war begeistert. Hie und da hörte man ihn laut auflachen.

Ich räumte Gunters Zimmer auf. Im Schrank fand ich die Hochzeitsbroschüre von der Margarethe und las sehr interessiert darin herum. „Was wir nicht schätzen" – so las man - : „Kindergeschrei ab Mezzoforte, Brautentführungen..."

Ich joggte in einer sehr angenehmen Frische unter einem zart rosa und orangegefärbten, etwas müde wirkenden und doch freundlichem Herbstsonnen-schein um den Gaugersee herum.

Den Abend verbrachten Buz und ich mit Buzens Studentin Britta im „Krug". Wir sprachen über John Glenn (77), den ältesten Mann, der je ins All ge-schossen wurde.

Zu gesetzter Stunde betrat auch „die Ratte", der Ovidiu die Gaststube. Er schaute sich suchend um, bevor er sich zu uns gesellte, um mit Buzen auf listig rumänische Art G´schäfterln auszuhandeln.

Buz war vom Wein sehr warmherzig gestimmt. Wir unternahmen noch einen Nachtspaziergang zum Gaugersee. Hie und da zeigte sich der Vollmond durch die fahrenden Wolkengebilde. Der alte Mond, der schon zu Mozarts Zeiten geschienen hat, wirkte heut zufrieden und verschmitzt.

Der kleine Tino war daheim geblieben war, weil er mit den Plaudereien der Erwachsenen nicht viel anzufangen versteht. Um viertel nach eins war er immer noch wach, und las in seinem Heldenbuch.

Dienstag, 3. November
Trossingen - Grebenstein

Zunächst weiß bewölkt und nieselnd.
Dann wiederum herbst- und zärtlich
eingefärbt und beleuchtet

Ich träumte, *daß ich die Tochter eines ganz anderen Ehepaars war.*

Wegen eines Bagatelldelikts waren meine Eltern und ich je zu neun Monaten Knast ohne Bewährung verurteilt worden. Mutter und Tochter kamen in den Frauentrakt und der Vater in den Männertrakt, und einmal in der Woche durfte er uns besuchen. Stets ein Höhepunkt in unserem öden Knastleben, denn dadurch, daß man sich so selten sah, wurden sehr nette gesellige Beisammenseins draus, auch wenn sie immer nur zwanzig Minuten dauerten. Ansonsten wurde mir die Zeit im Knast (bis zum 21. Juni) doch sehr lang.

Allerdings leuchtete die Abendsonne zuweilen derart intensiv in orangegetöntem puren Gold durch ein großes Fenster, und ergoss sich auf die breite Holztreppe, die von den Zellen in den Speisesaal hinabführte. Auf dieses Natur-

schauspiel freute ich mich immer sehr. Auch bei Regen und Sturm zeigte sich die Sonne jeden Tag ganz kurz: Immer dann, wenn ich die knarzeligen Stufen hinablief. Es war, als habe sie nur auf mich gewartet und wolle mir kurz zuzwinkern.

Schließlich erhob ich mich zum Tagesgeschehen. Der Tino saß wie alle Tage bereits am Tisch und las.

Gestern hatte in Trossingen ein so wunderschönes Wetter geherrscht, daß ich richtig glücklich war, hier gelandet zu sein. Doch heut war´s wieder trüb und nieselig.

Auf dem Wege zur Hochschule traf ich die abgehalfterte Exe von Herrn Wachtenberg. Eine putzige kleine Frau, wie dir Oma sagen würde. In den Sommerferien sei ein Klavierlehrer in den Bergen tödlich verunfallt, und nun hatte sie sich bereit erklärt, dessen Schülerschar zu übernehmen. Da standen wir und plauderten ein wenig. Man verspricht einander, gelegentlich mal anzurufen, und stiebt wieder auseinander. Frägt sich nur, wie lange man sich im Kopf des Weiterstrebenden noch hält, bevor man sich nach Art einer Wolke wieder auflöst.

Mittags fuhren wir ab. Die Fahrt nach Kassel verlief angenehm zügig. Das Wetter lichtete sich schön herbstlich auf, so, als wolle es immer dort schön sein, wo ich gerade bin. Wir hörten unser Tripelkonzert von Beethoven - vor rund vier Jahren in Westerstede aufgeführt - und ich war richtig erschrocken, wie pampig und quadratisch das Orchester unter der Stabführung eines Ulrich W.

klang. Der Roman, unser Cellist, bemühte sich die ganze Zeit um große Genialität, doch stellenweise klang es nach einem Wunderkind, dem ein allzu schwieriges Werk aufgebürdet worden war. Gottlob spielten Ming & ich ganz toll.

Ferner hörten wir aus dem Münchner Herkulessaal einen jungen Pianisten, der so ernst klang. Er spielte eine Rachmaninoff-Sonate, die sich durch mein Ohr sehr „durchgenommen" anhörte: die Nuancen schienen mir „von fremder Hand" angepappt, und nicht dem Inneren des Pianisten entsprossen. Dann hat er noch eine lustige Buggi-Wuggi-Etüde draufgegeben, auf daß das Publikum Kopf stünde, doch auch dies in fremden und gläsernen Farben. Bald schon dämmerte es draußen auf zauberische Weise und ich sagte: „So wie es nach einem langen Tag schließlich dunkel wird, so wird man nach einem langen Leben schließlich alt." Und dies stimmte: Es dämmerte, und kein Mensch konnte die Dunkelheit mehr aufhalten, auch wenn es einem währenddessen so schien, als würde es für den Moment immer gleich ausschauen.

Als es dunkel war, machten wir eine kurze Wanderung an Buzens Lieblingsstelle, dem hohen Dörnberg. Der Vollmond leuchtete intensiv durch scherenschnittartiges Geäst, und mir war zumute, als sei man in ein altes Märchenbuch hineingestiegen, weil man viel zu intensiv gelesen, und die Realität hinter sich gelassen hat.

Bald darauf klingelten wir bei der Oma. Gleich zwei Damen öffneten uns die Tür: die Reinmachefee Frau Reimich, die sehr emsig im Bad beschäftigt war, und sich ihrem niederen Berufsstand zufolge gleich mit „Ella" vorstellte. Ferner Frau Cionczyk, die Dame, die im Hause gegenüber lebt. 79 Jahre alt, und somit bereits im Gnadenalter steckend.

Die Oma war sehr nervös, und zunächst gab es anstrengende Wortschlachten drum, wer denn nun wo zu nächtigen plane. Buzen zog es ins Hotel, weil er wahrscheinlich unter sich bleiben wollte. Ich bereitete uns ein Abendessen zu, während der kleine Tino nur stumm am Tische saß. Über den Teller, auf den ich den Schinken gebeigt hatte, sagte die Oma mürrisch: „Hör mal Mädchen, warum hast du denn jetzt diesen Teller genommen?" und wenn ich kurz den Raum verließ, hieß es: „Wo geht es denn jetzt wieder hin, das Mädchen?...biddö?"

Der Tino blieb einmal so lange auf dem Klo verschollen, daß wir uns schon wunderten. Aber als ich nach ihm schaute, hatte er sich ins Bett gelegt und war eingeschlafen.

Die Oma wurde wieder ganz süß. Buz und Oma schmiedeten Pläne, wie es mit mir weitergehen solle, und wurden sehr vergnügt bei der Idee, ich könne zum Onkel Eberhard nach Berlin ziehen, um in Hartmuts Zimmer zu residieren. Als Buz sich anschickte, das Haus zu verlassen, um sich einen gemütlichen Abend mit Wein und Illustrierten im Hotel zu gönnen, sagte die Oma: „Jetzt drück mich nochmal ganz fest!" und als sie sich noch für´s Bett schick machte, sagte sie: „Und nachher gibst du mir die vielen Küsse, die ich so nötig habe!"

Beim Bettbrung sagte die Oma ganz oft zu mir: „Ich hab dich soooo lieb!" und war sehr anschmiegsam.

Doch dann war Omas Wecker abgängig. Er hatte sich in Luft aufgelöst. Vergebens suchten wir daran herum, und die Oma rief befehlend, fast ein wenig feldwebelig: „Kuck doch mal genau!"

Mittwoch, 4. November
Grebenstein - Aurich

Nieselnd –
dazwischen jedoch zuweilen zauberisch aufgelichtet

Wunderbat auf dem von Buzen so liebevoll zubereiteten Bett in Omas Wohnzimmer genächtigt. Am Morgen meines 36. Geburtstags war der kleine Tino der erste Gratulant. Buz, der in der Pension Winter genächtigt hatte, schellte an der Tür, vergaß allerdings zu gratulieren. Weniger deshalb, weil er nicht daran gedacht hatte, als vielmehr, weil er es nicht so eng sieht, den Wievielten wir wohl heut haben. Dann hat er den kleinen Tino gleich auf einen Spaziergang auf den Burgberg entführt, da das Frühstück noch nicht hergerichtet war.

Die Oma war leider wieder sehr schlecht gelaunt. Auf grämliche Weise kommandierte sie mich herum.

„Gott ach Gott! Liegt ES denn noch im Bett??" verdächtigte sie mich unverhohlen fehl.

„Wo ist denn der Junge?"...

„Biddö!"...

„Sieh mal zu, daß du den Tisch gescheit herrichtest!"...

„Mach mal zu, Mädchen!" und auch die Oma vergaß ganz, daß ich Geburtstag hatte.

Ich sehnte mich nach Rehlein, wo immer so viel Glück auf mich wartet, da Rehlein als Mutter nicht nur mein Milch- sondern in allererster Linie mein Glücksquell ist.

Als ich nach der Zeitung griff, hieß es: „Ach Gott, leg die Zeitung weg, Mädchen!"

Dann setzten wir uns allerdings schon mal an den Tisch und warteten auf die Herren.

Die Oma hatte eine Aufgabe für Buz: Kartoffeln zu holen. Buz ist allerdings ein moderner Mensch: Er rief beim Kartoffelbauern an und frug, ob man einer alten Dame wohl einen halben Zentner Kartoffeln vorbeibringen könne? Der Gedanke war gut, doch dererlei machen die nicht. Trotzdem mußte man Buz loben, zumal Rehlein gestern am Telefon gesagt hatte, daß Buz einfach kein Geschäftsmann sei.

Beim Bettenmachen spürte ich, wie Omas Art schon auf mich abgefärbt hat, indem ich zu mir selber Dinge sagte wie beispielsweise: „Ach Gott, ach Gott, Mädchen! Wie sieht *das* denn jetzt wieder aus??"

Zum Abschied hatten wir uns jedoch alle lieb, und ich küsste multipel auf Omas welke Wangen ein. Die

Oma gab Buzen zwanzig Mark für mich mit, weil ich doch Geburtstag habe.

Buz hat schwer geflucht, weil die Kartoffeln seinen schönen Kofferraum so verschmutzt haben.

Ich ließ die alte Dame nur ungern im Wohnzimmer zurück, und im Auto mußte ich das traurige Gefühl, sie doch allein zurückgelassen zu haben, auch erst mühsam abstreifen, was gar nicht so leicht war. Hätte man sie nicht bitten können, mitzukommen, um den Rest des Lebens bei uns zu verbringen? „Ohne Dich ist das Leben nur halb so schön!" hätte man sagen müssen oder zumindest sollen, doch ob dies wirklich stimmt?

Wenn Rehlein mal 85 ist, so würden diese Worte passen.

Wir fuhren ab:

Im Radio spielte Stefan Mikisch irgendetwas von Bach auf dem Klavier. Ich wurde lustig und gesprächig, weil ich doch heut Geburtstag hab und somit eine gewisse Narrenfreiheit genoss.

Nicht ohne Schaudern malte ich uns aus, wie schrecklich es gewesen wäre, wenn ich vor einigen Jahren die Stelle als Tuttischweinderl im Orchestertrog von Konstanz angenommen hätte. Vielleicht würde ich inzwischen mit einer Kinnstütze spielen, womit man wie in einen Schraubstock ins Violinspiel hineingeschraubt wäre, und so, wie Buz es nicht gutheißen kann. Doch vor den Kolleeeegen hätte ich das Klassenzimmersyndrom drauf, und vor lauter Verlegenheit hätte ich mir ein verschämtes, dünnes Tönchen angewöhnt, und würde im Laufe der Zeit anfangen zu denken: „Sooo hoch, wie es der Herr König immer predigt, sollte man den Arm vielleicht doch nicht nehmen?" (Bratschermentalität: 2+2=5).

Ich erzählte von meinem Hobby, Geigerfilme zu sammeln. Spielfilme über Geiger, die - so unterschiedlich sie auch seien mögen - *eine* Gemeinsamkeit haben: Die Erkenntnis, daß Geiger die Frauen nicht glücklich machen. Ein Film mit Maria Schell und einem Geiger, der so betörend das Mendelsohn-Konzert gespielt hat, und schließlich ihre Schwester heiratete. Von Paul Bronte, dem aufstrebenden Virtuosen, der 18 Stunden lang am Tag übte, bishin zu dem bestürzenden Film von Ingmar Bergmann über einen Geiger aus dem städtischen Symphonieorchester, dem eine Chance geboten wurde, als Solist aufzutreten. Doch vor lauter Aufregung versäbelte er Mendelssohns Violinkonzert kläglich. Die Kollegen feixten, schlugen ihm kumpelig auf die Schulter und sagten gönnerhaftbelustigt: „War wohl nichts, Alter!" Daraufhin war der Geiger daheim die ganze Zeit ungenießbar. Eines Tages verunglückte seine so fröhliche und bezaubernde Ehefrau tödlich. Wenn dies kein Drama ist!

Im Radio wurde ein barockes Werk mit Malcom Bilson am Hammerflügel geboten. Leider spielte er ganz häßlich, da er vielleicht Worte von Nikolaus Harnoncourt verinnerlicht hatte: Man möge auch den Schmutz in der Musik deutlich machen. Die drei Schlußakkorde klangen gar so, als wolle man ausrufen: „Meck, meck, meck!"

Allstündlich hörte man die Schreckensmeldungen aus aller Welt: In Honduras hat es einen fürchterlichen Tornado gegeben: 9000 Tote! Und so, als sei´s des Unheils nicht genug, ist auch noch ein Vulkan ausgebrochen.

Als wir durch Mittegroßefehn fuhren, war die Beleuchtung geradezu atemberaubend: Dichte graue Wolken, mit intensivem orangegüldenen Sonnenschein durchwoben.

Leider war Rehlein gar nicht daheim, aber auf dem Tisch stand ein Gugelhupf für mich.

Dann rief mich völlig überraschend Hildes Mohr aus Köln an. Buz hob ab, ohne zu ahnen, daß dies sein ärgster Rivale war.

Der Anruf war sehr nett: Er habe extra an meinen Geburtstag gedacht, betonte er. Doch beim Telefonieren und all den Freundlichkeiten, die ich von mir gab, hatte ich Buzen gegenüber ein schlechtes Gewissen. Einmal sagte ich „Tschühüss!" zu Buz, der den Tino nach Hause bringen wollte, und der Mohr meinte schon, *er* sei gemeint, und das Telefonat müsse nun beendet werden.

Dann wollte ich joggen gehen, doch als ich das Haus verließ, erschien ein Fremder mit Cigarette auf unserem Grundstück. Er stellte mir eine dubiose Frage: Ob wir wohl planen, das Haus zu verkaufen? Eine typische „Achtung-Falle"-Geschichte, und bezüglich des Schlüssels, den ich im Schuppen versteckt hatte, um beim joggen die Arme frei schwingen zu lassen, hinterließ mir diese Begegnung ein mulmiges, saures Restgefühl.

Abends kehrte Rehlein von der Arbeit zurück.

Zu meinem Geburtstag hatte mir Rehlein ein so wunderschönes Bild gemalt:

Liebevollst hatte Rehlein unsere Flügelecke niedergepinselt, und ich war begeistert und gerührt. Ein unbezahlbares, millionenschweres Kunstwerk bekomme ich ebenmal zum Geburtstag geschenkt!

Zur Teestunde erzählte Rehlein Schockierendes: Wie sie nämlich vor zwei Tagen fast gestorben wäre. Mitten in der Nacht wollte Rehlein ihre verhornten Füßlein noch mit Apfelessig bequasteln, und später schlürfte sie aus Versehen den Apfelessig pur aus dem Untertässchen. Rehleins Speise- bzw. Luftröhre schwoll augenblicklich zu, und ganz viele, finale und lebensbeschließenden Gedanken stoben Rehlein durchs Hirn.

„So ist der Onkel Giuliano gestorben!" habe Rehlein sich in ehrlichstem Schmerz geschaudert, da der verstorbene Schwippschwager Rehlein einst immer so herzlich geküsst hatte. Rehlein hat ihm auch stets viele aussagekräftige lange Briefe - beispielsweise zum Geburtstag, gelegentlich auch zwischendrin - geschrieben, und der Giuliano habe sich stets wahnsinnig darüber gefreut!

Rehlein rang eine ganze Weile lang mit dem Tod, doch dann berappelte es sich wieder... Kurzum: Rehlein lebt noch! Doch ihrer Lunge waren kreischende und pfeifende Geräusche entwichen, die jedoch niemand gehört hat, da Rehlein ganz allein zuhaus war.

Als ich soeben an Beethovens dritter Sonate übte, und mich darüber freute, daß mir das frisch ein-studierte Werk noch so gut im Kopfe saß, kam Buz ins Zimmer und sagte so nett: „Du hast es verabsäumt, mich mit einem Kuß zu begrüßen!"

Unten duftete es schon so wunderbar. Rehlein hatte Bratkartoffeln zubereitet, und auch beim Abendessen sprachen wir nicht ohne Schauder über Rehleins beinahigen Tod. Buz meinte, daß er solch einen Apfelessig gar nicht im Hause haben mag, und dann wiederum wunderten wir uns, daß die Flasche nicht als gefährlich gekennzeichnet war. Buz und mir machte es jedoch gar nichts aus, von der sauren Flüssigkeit zu kosten, aber geschaudert hat es uns natürlich schon. Besonders als mir genau das Gleiche passiert ist wie Rehlein: Als ich geistesabwesend den Teller leer schlürfte.

Am Abend galt´s, mir einige Glückwünsche selber abzuzapfen. Herrn Herbergers Haushälterin Frau Hopf hatte an mich gedacht, und mir einen kleinen Glückwunschhagel auf dem Anrufbeantworter hinterlassen. Gerührt rief ich zurück, und wir telefonierten ziemlich lang - z.B. auch über das sensibel gespannte Verhältnis zwischen ihrem Lebensgefährten Alfonse und ihrer Mutti. Das Maß an Dingen, die dem einen selbstverständlich waren, dem anderen jedoch Ärger und Verdruß bereitet haben, sei irgendwie voll, und Mutti Hopf mag gar nicht mehr von ihrem Grollsockel herabsteigen.

Auch bei Opa & Mobbl rief ich an, und der Opa ist gleich so nett ins Ashram hinaufgeeilt, um Ming zu holen. Nachdem er wieder herunter gekommen war und den Hörer wieder aufgegriffen hatte, sagte er so rührend: „Der will selber anrufen. Ganz brutal hat er es gesagt. Ich war richtig erschrocken!" Der Opa lachte vergnügt über diese kleinen aneinander-gereihten Witzeleien. Dann erinnerte er sich, daß er noch 20 000 Schillinge auf dem Konto habe, weil er so lange *unter* seinen Verhältnissen gelebt hat, daß sich ein richtiger kleiner Vermögenshügel aufgetürmt hat. Doch vielleicht hat er auch nur das Minus-zeichen vor den zwanzigtausend übersehen?

Abends wurde Rehleins köstlicher Gugelhupf aufgetragen, und Buz bemühte sich sehr um die Telefonnummer seines ehemaligen Schüler „Winfrieds". Der Winfried hatte uns nämlich auf den Anrufbeantworter gesprochen und vergessen, seine Nummer zu hinterlassen. Und nachher heißt´s, kein Mensch rede mehr mit dem unglückseligen Tropf, der so lange in der Psychiatrischen einsaß. Dieser Gedanke tat dem süßesten Buz so weh, daß er sich unbedingt gleich melden wollte.

Buz rief ganz viele Ehemalige an, mit denen er sich teilweise ein wenig festplauderte - doch niemand konnte ihm mit der Nummer des schicksalsbewatschten Unglücksraben aushelfen.

Donnerstag, 5. November

Fast durchgehend verhangen, grau und nieselig

Am Morgen träumte mir, *daß die junge rumänische Klavierstudentin Amalia am Wegesrand stand. Sie hatte ein wenig zugenommen und trug die Haare mittlerweile etwas kürzer. Außerdem hatte sie sich zur Gewohnheit gemacht, einem den Begrüßungskuss erst dann zu geben, wenn sie bereits angefangen hatte, über ein entlegenes Thema zu referieren, und man die Hoffnung darauf bereits begraben hatte. In ihre eigenen Worte hinein, stempelte sie den in Rumänien üblichen Bruderkuss plötzlich doch noch mitten ins Gesicht ihres Gegenübers.*

Ich erhob mich in mein neues Lebensjahr und begann den Tag mit einer einstündigen Briefschreibescheiblette.

Als briefliche Plauderei kann man meine Briefe wohl kaum bezeichnen. Es handelt sich eher um ein Anreferieren. Ideal für jene Menschen, die sich selber gerne reden hören.

Den Brief an die Simone begann ich rehleingleich mit einer Begründung, warum ich dem Abo schon wieder - einem angeschossenen Karnickel nicht unähnelnd - so hinterherhoppel: Weil ich nämlich bei der Oma war. Bildhaft schilderte ich, warum es dort ganz und gar unmöglich sei, einen Brief zu schreiben.

„Ist ES denn schon wieder mit seinem Gelüüübten beschäftigt?" pflegt die Oma grämlich auszurufen, da sie mich verdächtigt, *schon wieder* ins Tagebuch zu schreiben. („Wer will denn das alles lesen???")

„Ich schreibe meiner Freundin Simone das monatliche Briefabo?"

„Biddö??".....

„Ach Unsinn! Das interessiert die doch überhaupt nicht!"

Dann freute ich mich auf das Frühstück mit Buz und Rehlein.

Leider kehrte Buz heut ein wenig den „Unartigen" hervor. Er zog Grimassen, um Rehlein zu ärgern und hörte nicht auf ihre Worte.

Es ging darum, daß Rehlein und Buz am 8. November auf einer Vernissage ein Mozart-Duo darbieten sollten, für das ihnen je hundert Mark versprochen worden war. Das Geld wollen Buz und Rehlein allerdings spenden, weil sie es demütigend finden, für hundert Mark zu spielen, und dies vor lauter Bonzen und steinreichen Ärzten, denen es eigentlich nichts ausmachen würde, eine aus Hundertmarkscheinen bestehende Klopapierrolle ins Gästeklo zu hängen. Ärzte, die einem Patienten für diesen Hungerlohn nicht einmal eine rostige Spritze in den Po jagen würden!", geriet Rehlein in Eifer und Glut. Dann schon lieber ehrenamtlich. Doch was man mit hundert Mark alles anstellen könnte! Buz tendiert mit seinen nunmehr sechzig Jahren leicht zum Drückebergertum. Ständig faselte er etwas davon, daß die Stücke zu lang seien für ein vermeintlich kunstunkundiges Publikum, und versuchte den Violinpart auf mich abzuwälzen. Rehlein und ich beharrten allerdings drauf, daß der Papa auch mal spielen müsse, - mit sechzig gehöre man schließlich noch nicht zum alten Eisen - und schließlich begaben sich meine Eltern zum Duospiel ins Musikzimmer. Ich bedachte Buz und sein anrührendes Violinspiel mit herzlichen Komplimenten, doch Buz ging nicht auf meine Worte ein. Ich fand, daß meine Eltern dafür, daß sie es gar nicht geübt hatten, hervorragend spielten. Bloß einmal hat Rehlein wegen der Schärfe von Buzens Geige in ihrem Ohr ein empfindsames Getue gemacht, und ich bekomme immer gleich Angst um Buzens Seelenheil, obwohl sich doch eigentlich eher Buz seiner Frau gegenüber gelegentlich frech benimmt. Er geht auf nichts ein und kehrt mit Fleiß das

„Bürschchen" hervor, das man eigentlich am Ohr packen und mit einem strengen Wort bezischen sollte.

Zu Mittag gab es feine Spiralnudeln mit einer Zucchini-Austern-Soße, und hernach Rehleins wunderschön geformten und so köstlichen Gugelhupf.

Unterrichten hab ich heut nicht müssen, und war todfroh drum.

Ins Caféhaus ging ich ebenfalls nicht, da der Caféhausbesuch, so gemütlich er auch ist, immer auch säuerliche Aspekte birgt: zum Beispiel die freudlose Bedienerin mit ihrem grauen Pagenkopf, aber auch daß alles so viele Kalorien hat und so schnell leergelöffelt ist, und zum Abschluß muß man immer einen Zwanziger zücken. (Hier zähle ich Dinge auf, die jeder weiß!)

Als ich durchs grau vernieselte Aurich lief, malte ich mir diese sauren Aspekte eines Caféhausbesuchs plastisch aus und stellte fest, daß ich ein neues Hobby gefunden habe: Sparen. Onkel Rainers Erbmasse scheint sich in mir Bahn brechen zu wollen.

Eine geschlagene Stunde lang räumte ich das Wohnzimmer auf, da ich mir vorgenommen habe, ab sofort jeden Tag eine ganze Stunde lang im Haushalt herumzuwüten. Natürlich sieht man am ersten Tag noch nichts, doch wenn man es tatsächlich täglich betreibt? Dann müsste es doch nach Adam Riese eines Tages so unerhört ordentlich aussehen, wie bei Frau Kettler oder Herrn Bloser?

Ich räumte zu den Klängen der Bach-Interpretationen eines Alois Kottmann, einem etwas kantigen älteren Geiger, der von seiner lebensgegerbten Schwester gemanagt wird (einer leicht pikierbaren Dame mit säuerlicher Ausstrahlung), und das strenge und spröde Violinspiel störte mich überhaupt nicht, da ich eben doch nicht so sensibel bin, wie Rehlein. Meist hörte ich nur mit halbem Ohre hin, und widmete mich währenddessen mit großer Hingabe der Aufräumkultur. Wenn ich gelegentlich aber doch mein Ohr drauf lenkte, so hörte sich alles nach freudloser und mühsamer Arbeit an. Daß aber die Akkorde alle so stramm gerupft zusammen - wie *ein* Mann - erklangen, gefiel mir.

Tüchtigkeit gebiert immer neue Tüchtigkeit. Direkt an diese Schuftstunde schmiegte sich ein „Trimm-Dich" unter einem Duschregen, und einmal wurde mir sogar die Kontaktlinse vom Augapfel hinweggeschwemmt.

Als es dunkel geworden war schaute ich „Hallo Deutschland". Ein brisantes Thema unserer Zeit ist, daß sich Katharina Witt in entblößtem Zustand vom Playboy hat ablichten lassen. Da fiel mir eine Marktlücke ein: Ein Journal für Firmlinge: Prayboy. Spaß beiseite: Millionen Fäns dürfen sich nun auf die Dezemberausgabe freuen. Die Moderatorin hat die Fotos aus datenschutztechnischen Gründen allerdings nicht zeigen dürfen, und man sah die sog. „SED-Ziege" (eine Gemeinheit) nur mit gewellter Frisur in einem schicken Lametta-Kostüm steckend.

Da rief die Hilde an, um mir nachträglich zum Geburtstag zu gratulieren, und Buz selber hob den Hörer ab. Hernach hat man ihn emsig weiterüben hören, doch Buzens Violinspiel hatte viel mehr Tempo und Vorwärtsdrall als sonst. Ein Glück, daß Buz nun sein Mozart Duo üben muß - so hat er keine Zeit mehr für die nervtötenden Fingeraufklappübungen.

Zu vorgerückter Stund besserte sich Buzens Laune schlagartig, und er küsste mir ganze Melodien auf den Handrücken. In freudiger Beschämung genoss ich es - so, wie jede andere Frau an meiner Statt auch.

Nach dem Abendessen stürzten Buz & Rehlein sich wieder ins Duospiel. Einmal ins Musizieren geraten spielte sie noch viel mehr: Ein Duo vom Yossi und Duos von Bartòk für zwei Violinen.

Dann gab es eine Weinstunde. Buz hing jedoch eine ganze Weile lang am Telefontropf und telefonierte mit einem ehemaligen Studenten. Er erfuhr, daß der Schober Andi, ein langhaariger bayrischer Student, so schrecklich krank gewesen sei: Leukämie und Multiple Sklerose, aber auch die arme Beate L., eine Uraltstudentin aus den frühen Achzigern, sei an Multipler Sklerose erkrankt!

Buz war ganz erschüttert und geknickt. Um sich über die Erschütterung und das Geknicktsein hinwegzuhelfen, übte er sein Mozart Duo noch bis tief nach Mitternacht, während ich oben mein Haupt an Rehleins warmen Busen bettete. Rehlein erzählte, wie die Uroma über unseren Papa gesagt habe: „Der wird sich noch wundern!" und drei Jahrzehnte später sagte Rehlein nun: „Jetzt wundere *ich* mich!"

Gründe, für die es sich zu leben lohnt:
- Meine Familie
- Fernsehen
- Musik
- Tagebuch
- Die reizvollen Wetterlagen
- Schlafen und träumen
- Teestunden
- Lindenstraße
- Meine Freunde

Freitag, 6. November

Zart sonnig.
Doch auch der Regenfritz schien nah und präsent

Der Wecker rupfte mich aus folgendem Traum-gebilde: *In einer Pfütze im Wald schwamm „Die vorläufige Bahncard" von Herrn Reimer aus dem Jahre 1980. „Beruf: Ehemann", stand da so nett zu lesen, da sich Herr und Frau Reimer damals wohl auf dem Gipfel ihres einmaligen Eheglücks befanden.*

Im Hause von Kanzler Schröder gab es einen ernsthaften Skandal; Zunächst hatte Gerhard Schröder seine Stieftochter Klara menschlich gar nicht wahrgenommen, und sie sogar oftmals mit dem Dienstmädchen verwechselt. Als sie jedoch heranwuchs und erblühte, weckte sie sinnliche Gefühle in ihm, die er bis dato noch gar nicht gekannt hatte. Während er wichtige Schreibarbeiten tätigte, verglich er sie innerlich mit ihrer Mutter Doris, wobei die Doris leider alt ausschaute. Doch nachdem er der Stieftochter auf einem Empfang mal kurz in den Ausschnitt geschielt hatte, schrieb die BILD-Zeitung gleich am nächsten Tag: „HAT ER SEINE STIEFTOCHTER MIßBRAUCHT?" Wenig später las die Doris eine Notiz im Tagebuch ihres Mannes, die sie gleichsam irritierte und verärgerte: „Während Doris mir zunehmend auf die Nerven fällt, will mir Klara nicht mehr so recht aus dem Kopf gehen".

Dann erhob ich mich in einen heraufdämmernden, regentrüben Tag hinein und schlich mich bald darauf in Mings Zimmer, um meine Schreibarbeiten zu erledigen. Die Briefe an Linda und Margarethe wurden fertig und durften sogar zum Frühstück vorgelesen werden. Dann sprachen wir über jene Unverschämtheit, daß man sich mit jemandem festschwatzt und die Anderen am Tisch einfach herausfiltert! Jeder wußte mit einem Beispiel aufzuwarten: Buz zum Beispiel mit jenem, daß der Ivo mal mit seiner Popbänd bei einem Ehepaar zum Essen eingeladen war. Doch er tat so, als seien die Gastgeber praktisch gar nicht anwesend, und quatschte die ganze Zeit mit einer füligen Dame. „So etwas könnte ich gar nicht!" rief ich stolz und erinnerte mich im Stillen daran, daß Buz die Omi im Gespräch neulich einfach ausgespart hatte. Dies habe mich peinlich berührt. Rehlein wiederum brachte sehr brenzelige Beispiele, die ich um der Harmonie Willen gerne unter den Teppich gekehrt hätte: Wie sehr sich die Hilde in Indien daneben benommen habe. Sie hängte sich an den Reiseleiter Kumar, der fortan keinen Blick mehr für die anderen zeigte, und in einen Strudel verwirrender Gefühle gestürzt worden schien, aus dem es kein rechtes Entrinnen mehr gab.

Ähnelnd einer Frau, die vielleicht mit einem Iraker oder sonstwie hochexplosiven Menschen verheiratet ist, bange ich immer sehr darum, in Buzens Inneren könne ein sensibler Nerv getroffen werden. Nur wenn ich selber frech zu Buz bin, macht mir dies nichts aus, da ich dann ja selber die Frechheitszügel in Händen halte.

Schließlich versprengten wir uns, um zu üben. Unglaublich, welch liebevollen Fleiß der süße Buz in sein kleines Mozart Duo legt!

Mittags sagte Rehlein: „Ich muß in zehn Minuten los!" In der Küche standen riesige, mattschimmernde Biorindfleischstücke für uns bereit. Schließlich hat sich unser süßer Papa erbarmt, Rehleins Schüler zu übernehmen. Rehlein fiel eine Zentnerlast von der Seele: „Ich bring dir nachher auch einen Kaffee und ein riesiges Kuchenstück mit!" rief sie Buzen überschäumend nett hinterher.

Nach dem Essen maß Rehlein ihren Blutdruck. (Völlig normal). Ich wurde ganz hibbelig vor Freude, da ich stets von größter Furcht begleitet werde, Rehlein könne einen Schlaganfall erleiden. Als ich nach einer Weile selber aufbrach, um Meike Albers zu unterrichten, erzählte ich meiner kleinen Mama noch, daß ich den Weg in die Musikschule dazu zu nutzen pflege, mir Händel Opern auszudenken. Das tat ich auch, und eine These von mir bestätigte sich: Daß einem die Opern nämlich schlicht von OBEN eingegeben werden. Mir war ein sehr zündender Hit eingefallen, der genau nach Händel klang. Aber wenn man erst einmal damit anfinge, alles aufzuschreiben, so käme man aus diesem Strudel nicht mehr heraus, so wie ich mit meinem Tagebuch. Seit dem 1. Januar 1992 fehlt kein einziger Tag!

Nachtrag 28.11.2024: Und so ist es bis heute geblieben!

Als ich in der Musikschule eingetroffen war, spielte unser Papa grad auf einer Viertelgeige ein simples Notengebilde. Er unterrichtete den kleinen Mark - Rehleins Lieblingsschüler - und dessen Freund Welft-Tomke, der jedoch nur als simpler Hospitant in der Ecke saß, weil eben noch der kleine Mark dran war. Buz hielt ein strenges Ohrenmerk drauf, daß der Knirps das Fis auf der D-Saite nicht immer zu tief intoniert, und wackelte bereits prophylaktisch an der kleinen Hand herum, damit eben dies nicht geschähe. Beim Welft-Tomke wiederum achtete Buz darauf, daß er den Bogenarm auch gescheit hoch-hielte. „Du willst doch wohl kein Tiefarmgeiger werden?!" sagte Buz. „Oder??" „Nein. Ein Norma-ler!" meinte Welft-Tomke.

Im Nebenzimmer unterwies ich Maike Olbers, die laut Rehlein, in letzter Zeit recht tüchtig gewesen sein soll. Heut kam das Fröken jedoch ohne Noten, da es am 3. Dezember bei der Weihnachtsfeier der Landfrauen etwas auf der Geige vortragen soll. Wie´s der Zufall so will, lag ein Weihnachtslied auf dem

Klavier, an dem wir nun ein wenig arbeiteten. Hernach kam ein blonder, kleiner, stumpfsinniger Friese, der mit dem neuen Gesicht (mir) heillos überfordert schien. Rehlein war zwar auch schon da, mußte jedoch noch ein paar Kopien anfertigen, und ich sollte einstweilen an dem Knirps mit seinem flirrigen gelben Hinterkopf herum unterweisen. Er spielte ein Lied mit dem Namen „Straßenkreuzer" für einen Anfänger recht gut. Ich versuchte ihm etwas rhythmischen Pepp beizubringen, indem ich es ihm so vorspielte, wie es wirklich gehört, doch er begriff es nicht.

Endlich war Rehlein aus dem Sekretariat zurück-gekehrt. Rehlein unterrichtete so geduldig und nett. Freitags, so hatte ich gedacht, käme immer der kleine Bruno mit seinem Bach Doppelkonzert, doch der Bruno sei schon ganz lange nicht mehr gekommen.

Daheim las ich eine Reportage über Anne-Sophie Mutter in der ZEIT. Das Leben der Wundergeigerin schien mir fast ein wenig traurig, denn wenn man erstmal Witwe ist, so kühlt das Leben um zirka drei C° ab, und da kann einem alles Geld und Gold - aller Ruhm dieser Welt nichts helfen.

Ich legte das Video mit Anne-Sophie Mutters Glasunow Konzert ein, aber auch dies schien mir ein wenig kühl und fremd, obwohl sie doch damals kurz vor ihrer Eheschließung stand.

Mir tut es nicht sehr gut, auf andere Geiger drauf-zuschauen, denn als ich kurz darauf freitagsgemäß den ersten Satz vom Dvorak-Konzert repetierte, fühlte ich mich an, als habe ich mich in Anne-Sophie Mutter verwandelt. Das Gesicht streng gespannt, und mein Spiel klang gut, sehr selbstbewußt, aber auch ein wenig unpersönlich.

In den Nachrichten hörte man, daß der Prozess gegen Mutti Weimar, eine Dame, die ihre beiden Töchter ermordet haben soll, und diesbezüglich in einem zweiten Prozess freigesprochen worden war, schon wieder neu aufgerollt wird. Außerdem wurde ein Spanier in Deutschland, der seine elfjährige Nichte ermordet hat, zu lebenslanger Haft verurteilt. Aber vielleicht kommt er auch nach 15 Jahren auf Bewährung frei, weil er es so tief und ehrlich bereut hat, und die ganze Zeit laut schluchzte und hemmungslos weinte, so daß man im Gerichtssaal allgemein etwas Erbarmen empfand.

Rehlein freute sich so süß, daß ich vor dem Hause extra das Licht angemacht hatte, und daß ich langsam so aufmerksam werde, wie einst der Diener Wang.

Dann erzählte Rehlein bedauernd, daß Buz soeben die Zwillinge der Familie Hoss unterrichte. Die Eheleute Hoss lauschten dem Unterricht, hielten sich dazu verkrampft und leicht irr an den Händen, und verbreitete eine entsetzliche Stimmung, so daß man es verstehen kann, daß die Tochter ins Jugendamt geflüchtet ist.

Wenig später kehrte unser Familienoberhaupt nach Hause zurück, und wir setzten uns zum Abendessen nieder. Buz erzählte, daß auf das Ehepaar Hoss eine

Gerichtsverhandlung zukommt. Es steht Aussage gegen Aussage.

Dann las Buz uns den Artikel über Anne-Sophie Mutter vor, und die Bewunderung für dieses ungewöhnliche Frauenzimmer ließ uns schweigen.

Samstag, 7. November

Weißwölkig blass

Dadurch, daß ich gestern so viel Tee getrunken hatte, spielte mir mein Gehirn beim Versuch einzuschlafen, dauernd nervöse Bilder ein: Beispielsweise *einen bunten Schmetterling, der so unnatürlich schnell mit den Flügeln schlackerte, daß gar nicht mehr von einem Schlackern, sondern eher von einem Beben gesprochen werden sollte, und man an einen Plastikrollladen in gischtigstem Sturm erinnert wurde. Dann die ebenso unnatürlich schnell vor sich hinzitternden Hände eines Würgers, die sich um einen bleichen Hals schlangen und gar nicht gescheit zudrücken konnten.* Dann träumte ich, *daß ich durch einen schier unfassbaren Zufall vom Flugzeug aus gesehen habe, wie Herr Berke mit der Lee Shue-Ying in einem See auf einer Südseeinsel schwamm. Und dies, obwohl der See von oben pünktchenklein ausschaute!* (Eine Traumesunlogik sondergleichen) *Dies musste ich Herrn Berke nun unbedingt am Telefon erzählen, doch beim Wählen zerstob mir die Nummer im Kopf. Aus Versehen wählte ich die Nummer von der Mireille, und die Mireille freute sich riesig, auch wenn mein Telefonat zeitlich grad überhaupt nicht passte. Aus Unachtsamkeit legte ich dann wortlos den Hörer auf. Erschüttert ob meiner eigenen Unhöflichkeit wollte ich auf dem Fuße wieder zurückrufen, doch nun verquirlte sich die Nummer mit jener von Herrn Berke.*

Schließlich erhob ich mich zum Frühstück. Buz im angrenzenden Musikzimmer hatte die ganze Zeit über Fingeraufklappübungen gemacht, denn das morgige Konzert liegt ihm womöglich ähnlich schwer im Magen, wie Frau Kettler das Ihrige bei den Tagen der alten Musik in Regensburg.

In jungen Jahren hatte Frau Kettler sich so glühend gewünscht, mal für ein richtiges Konzert engagiert zu werden. Doch erst im Alter, als ihre Kräfte bereits nachgelassen hatten, wurde sie zu den Musiktagen in Regensburg eingeladen.

Nach all den Jahren traute sie sich dererlei jedoch nicht mehr zu, und sagte am morgen des Konzerts kurzerhand unter einem fadenscheinigen Vorwand ab.

Heute gab es bei uns als Brotaufstrich erstmals „Samba Kokos", und alle waren begeistert. Buz meinte zaghaft, daß er von dem vielen Früchtebrot vielleicht einen Durchmarsch bekommen könnte, doch Rehlein wiederum glaubt, daß man vielleicht vom Lampenfieber her einen Durchmarsch bekäme, und es täte Buzen sehr gut, endlich mal wieder vor Publikum zu spielen, denn wie leicht verlernt man grad dies! Schon wieder hatte man eine zu beschmunzelnde Anekdote zur Hand: Nämlich jene von Annelottes Angsteiern, die sie vor der Prüfung zu legen pflegte. Die Angsteier waren leicht wie Seifenblasen und ließen sich demzufolge leider nicht hinabspülen. Ort des Geschehens war die Wiener Wohnung ihrer strengen Flötenprofessorin, die im

Wiener Jammersound, der so klingt, als wolle man gleich losheulen, vor der Klosettür gefragt haben soll: „Ja, Annelotte, wo bleiben Sie denn??"

Am Vormittag erschien der bestellte neue Cellist, Herr Baier, ein frischer und fröhlicher junger Mann, aus dem Holze eines inspirierenden jungen Lehrers, der eine Sache mit vollem Engagement anzugehen pflegt.

Den zweiten Geiger Ivo begrüßte ich sehr herzlich mit einer dicken Umarmung, und bekam von ihm seine neueste CD geschenkt: „Mondschein".

Mit dem kostbaren Geschenk in der Hand rannte ich verlegen in mein Zimmer hinauf und dachte mir meinen Teil: Daß nämlich der Ivo fast annehmen könnte, ich sei leicht verliebt in ihn.

Als zum Mittagessen getrommelt wurde, waren die beiden Herren bereits weg. Rehlein und Buz waren hingerissen von dem neuen Cellisten, der eigentlich viel netter ist als der Marcel, auf dessen Stuhl er nun Platz genommen hat. Bloß muß die Bekanntschaft natürlich erst Patina ansetzen.

Zum Mittagessen lauschten wir unserer neuen Pop-CD vom Ivo. Es wirkte direkt ein wenig ungewohnt: Solch eine Musik an unserem Mittagstisch. Wir staunten, daß der Ivo sich eines Tages einfach hingesetzt hat, um verträumte Pop-Songs zu komponieren.

Es gab Fisch, zartes Kartoffelpürée, kross gebratene Nudelröhrchen mit echten Brotbröseln (eine

Novität), und wir wunderten uns ein wenig, warum Buz sich stets so tief über seinen Teller beugt.

Buz ist für Rehlein wie ein drittes Kind. Immer wieder wird er von Liebesgramschüben gemartert, doch Rehlein liebt er natürlich auch innig. Eine in Jahrzehnten gewachsene, und mit zwei Kindern gekrönte Liebe gibt man eben nicht auf. Etwas, das nicht so recht in Hildes Kopf will, und das Dumme ist, so Buz, daß man mit dieser Fehleinstellung in einigen Jahren Alzheimer bekommen könne. Die Hilde plädiert einfach auf lose Weise dafür, ein altes Kapitel abzuschließen, um ein neues anzufangen - doch innerhalb eines Romans - und nichts anderes ist ein Menschenleben - würde man wohl kaum ein Kapitel ganz abschließen, um ein neues zu beginnen? Oder wie stellt sie sich das vor?? Kapitel sechs: Bitte vergessen Sie alles, was sie bisher gelesen haben. Wir beginnen mit einem völlig neuen Kapitel, und schauen nicht zurück.

Buz liebt Rehlein so, als wenn es seine Mutter sei - und der wichtigste Mensch im Leben eines Mannes kann nur seine Mutter sein. (Dies zumindest sagt Norman Bates in „Psycho", und ich teile seine Meinung voll und ganz)

Nach dem Essen gab es noch einen Kaffee und die letzten Trümmer, die von Rehleins köstlichem Gugelhupf übrig geblieben waren.

Die „Galerie Artica" aus Cuxhaven rief an und wollte Ming & mich für 500 DM zusammen engagieren. Das Dumme ist leider, daß Ming zumeist mehr fordert, als die Veranstalter lockern wollen, und so können Ming und ich praktisch nie mehr zusammen konzertieren.

Ich joggte in bleichem Vorweihnachtswetter, und hernach mußte rasch spazierengegangen werden, da bereits die Dunkelheit drohte.

Buz bereitete sich auf sein Mozart Duo derart gewissenhaft vor, als handele es sich um seine Abschlußprüfung, in der ein jeder Ton zu sitzen hat, und jede kleine Ungenauigkeit zu erbarmungslosem Punkteabzug führt. Wen fürchtet Buz wohl als Hörer? Wahrscheinlich fürchtet er sich vor sich selber, oder vor einem kränkenden Wort Rehleins, das tief in die Seele schneidet.

Ich selber bin mittlerweile vom vielen Konzertieren bereits so abgebrüht, daß ich mich kaum noch in lampenfiebergepeinigte Menschen hineinversetzen kann. Gerührt stellte ich fest, daß Buz - so wie einst der junge Herr Bloser - fast jeden Ton in seinen Noten mit einem sorgsam ausgetüftelten Fingersatz versehen hat.

Als wir nun zur Dämmerstund durch den Wald spazierten, hat Buz die ganze Zeit so süß sein Mozart Duo gesungen, und wir liebten unser Familienoberhaupt unglaublich. Wieder mußte man wehmütig daran denken, wie schön es jetzt wäre, wenn Buz & Rehlein ihr Mozart Duo ganz konsequent ein ganzes Jahr lang jeden Tag zwei Stunden lang geübt hätten. Schon im Mai hätten sie das Werk auf Kassette spielen, es dem Prof. Kebap zur kritischen Begutachtung schicken, und um erbarmungslose

Kritik bitten können. Wie überrascht Rehlein wohl gewesen wäre, *wenn einige Wochen später ein dickes Kuvert mit einem engbeschriebenen 17-seitigen Returschreiben eingetroffen wäre? Sein Schreiben leitet der Professor mit folgenden Worten ein: „Es dürfte in beidseitigem Einvernehmen sein, auf lange Vorreden zu verzichten und augenblicklich zur Sache zu kommen", um sodann so ziemlich jede einzelne Note in einer analytischen Soße zu wälzen und mit fachsimpeligen Worten zu bedenken* . Einmal rutschte Buz aus, um hernach auffallend oft und mit einer Miene des Bedenkens mit seiner sensiblen Geigerhand herumzuwedeln.

Am Abend spielten mir meine Eltern das Mozart Duo und hinzu noch ein Werk von Bartòk vor. „Gram". Ich nahm es auf Kassette auf und fand es wunderschön.

Sonntag, 8. November

Weißbewölkt und bleich. Abends Regen

Heute träumte ich allerlei Verdrießliches: Beispielsweise daß *ich Buzen, der vorn am Steuer saß, auf der Rückbank sitzend das frisch gelernte Dvořák-Konzert mitten ins Ohr hineinspielte. Doch in so ziemlich jeder Passage kam ich gegen Schluß auf ärgerlichste Weise draus. Dies lag daran, weil in einem anderen, neben uns fahrenden Auto der Klarinettenspieler Jan M., der sich vor kurzem zum Pianisten hat umschulen lassen, andauernd Rachmaninoffs Zweites drosch und über den Anfang nicht so recht hinauskam. Auf mein Geheisch hin hat Buz seinen Nebenfahrer, daß er doch bitte woanders hinfahren möge. Doch kaum hatte der Freund in drei Zügen gewendet, um in die andere Richtung zu fahren, da ärgerte sich Buz, weil er vergessen hatte, sich sein Auto quittieren zu lassen. Es handelte sich nämlich um Buzens Auto, mit dem der beliebte Klarinettenspieler nun hinfortstob. Buz selber hatte sich das kleine Auto von der Klavierlehrerin Tatjana Schneider ausgeborgt, da er viel zu wenig Gepäck mit sich führte, um ein größeres Auto zu bemühen.*

Schließlich wußte ich bei meinem Dvořák-Konzert gar nicht mehr weiter, und so mußte nach den Noten gefischt werden, die ungeschickt unter die Bank gerutscht waren. Doch trotz aller Bemühung ließen sie sich nicht mehr hervorfischen, und als ich sagte: „Das sieht dem Schicksal wieder ähnlich!" klang meine Stimme bitter und knattrig, wie bei einer alteingesessenen Ehefrau.

Wir fuhren zur Dolores nach Wien, um das Klarinettenquintett zu proben. Ihre Wohnung befand sich im oberen Stockwerk eines Wiener Stadthauses. Nun mußten wir durch ein breites, prunkvolles Treppenhaus laufen, das mit vornehmen dunkelroten Teppichen bespannt war. Oben war überraschenderweise der Herwig zu Gast. Wie ein Diener war er aus der Tür getreten, um uns Willkommen zu heißen und uns den Weg ins Wohnzimmer zu weisen.

Am Morgen fühlte ich mich im Bett schwach wie ein verlöschendes Lebenslicht. Dann aber erhob ich mich und zwang mich, ganz munter und nett zu sein, da Lahme und Depressive etwas Gräßliches sind.

„In dem Fall stirbt man doch lieber!" denkt da so manch einer, und hat nicht unrecht damit.

Rehlein stand im Duschregen des Duschhäusels und löste auch durch den Duschlärm und das Glas hindurch einen unerhörten Plauderschwung in mir aus. Ich sprach von der Eventualität, daß einem mitten in einer Rede die Stimmbänder reißen, und machte es sogar vor: Mitten in den weltverbessernden Worten jault und jodelt es nur noch ganz hoch weiter. Rehlein lachte vergnügt.

Zum Gaudium studierte ich die Heiratsgesuche in der ZEIT. Obwohl sich ein jeder dieser niveauvollen Menschen, die sich nach einer dauerhaften Partnerschaft sehnen, so sehr um sprudelnden Geist bemüht, klingen die Annoncen alle so merkwürdig ähnlich. „Nonchalance und Charme" wünschen oder attestieren sie sich.

Buz & Rehlein hatten heut ihren großen Auftritt, und die Zeit langte eben noch, um den ersten Satz einmal durchzuspielen. Auf dem Plakat mit einer Zeichnung von Günther Grass liest man etwas kleiner gedruckt:
Musik mit Frau & Herrn König
Ich schmunzelte ein bißchen über die Idee, die beiden könnten eine CD bespielen, und auf der CD steht: **Musik mit Herrn König & Frau.**
Beim Frühstück war Buz sehr in sich gekehrt, weil er sich wahrscheinlich wie ein Prüfling gefühlt hat.
Dann war ich allein. Beim Bettenmachen keimte die Idee in mir auf, meiner Freundin Margarethe zur Hochzeit ein schönes Ehetagebuch zu schenken.

Links könnte sie die erfreulichen und rechts die verdrießlichen Ereignisse hineinschreiben (oder auch umgekehrt; je nach ihrer politischen Ausrichtung, die mir unbekannt ist). Mal schauen, wie sich die Schriftdichte im Laufe der Jahre immer mehr nach rechts oder links verlagert.

Mittags kehrten Rehlein und Buz nach Hause zurück, und es sei so gewesen, „daß man es hätte besser machen können", wie Buz selbstkritisch bemerkte, um eventuellen Schmähkanonaden Rehleins zuvor zu kommen.

Um Buz muß man sich derzeit richtig ein wenig Sorgen machen, weil sein Benehmen doch wirklich keine tragfähige Basis für eine Ehe ist!

Autistisch über den Teller gebeugt, lahm am Klavier klimpernd - auch wenn man es sich natürlich mitleidsvoll vorstellen kann, daß sein Leben nach der Geschichte mit der Hilde und dem Mohren nun um 2 bis 3 C° abgekühlt ist.

Ich erzählte von Ronny R., einem jungen Familienvater, der zwei Mädchen ermordet hat, und dank des größten Massengentests aller Zeiten geschnappt wurde. Wäre der Massengentest nicht erfunden worden, so würde er weiterhin ein Leben als unbescholtener Bürger in unserer Mitte führen. Ab Donnerstag steht er nun vor Gericht. In einem frisch gebügelten Hemd, das Ehefrau Marion extra ins Gefängnis gebracht habe.

Es gab Brokkolibüsche und Reis mit eingeschmolzenem Käse. Ferner köstlichen Blattsalat mit Avocado. Außerdem sagte sich der Hausfreund Herr

Berke für um viere zum Tee an, so daß es einen Grund gab, den lose anvisierten Besuch bei Ruth L. wieder abzublasen, zumal es bei Ruth L. immer so fad ist, und sie hinzu die Neigung hat, einen nicht mehr gehen zu lassen. Rehlein sehnt sich eher nach feingeistigen Gesprächen, statt oberflächlichem Schmalspurgeplabber dieser Art: „Und Ihr befindet Euch bereits in den Vorbereitungen für den Sommer? Erzähl doch mal!"

Oben in meinem Zimmer sagte Rehlein so süß: „Ich freu mich schon so auf's nächste Wochenende!" Und dann lachte Rehlein so bezaubernd aus voller Brust heraus, da es so klar war, warum. Weil Buz mit seiner lähmenden Ausstrahlung dann wieder in Trossingen ist. Schlimm genug, wenn man über seinen eigenen Ehemann so denken muß.

Bevor Herr Berke kam, bin ich noch ein wenig joggen gewesen, weil ich mich für Herrn Berke frischblasen lassen wollte, und als ich hernach in unsere Straße zurückstürmte, glaubte ich Herrn Berke bereits ganz langsam im Auto hin und herfahren zu sehen. Ähnelnd einem Pubertierenden, der zu früh zu einem Rendezvous erschienen ist, und die aufregende Zeit davor noch gescheit herumbringen muß.

„Habt *ihr* den Sturm bestellt?" scherzte Herr Berke auf seine gewohnt herzliche Friesenart.

Statt Kuchen gab's heut jenes köstliche vorgekeimte Brot - süß und reichhaltig im Geschmack -

mit Kokos-Samba, das von uns allen als überaus köstlich empfunden wird.

Herr Berke erzählte, daß er für seine Tochter eine Vierzimmerwohnung in Bonn suche. Extra für Herrn Berke hatte ich mich mit meinem purpurnen Kleid verschönt.

„Bin ich jetzt deutlich attraktiver als früher?" frug ich keck. Da klingelte es an der Tür, und Rehleins Teezirkeldame Frau Konrink brachte Konzertkarten für ein Abonnementskonzert in Leer vorbei.

Am Abend würde in dem zwar exklusiven, so jedoch deprimierenden Konzertring ein Kammerkonzert mit dem Trio Ex aequo geboten.

Frau Konrink trug einen äußerst zierenden schwarzen Zylinder auf dem Kopf und gab sich die größte Mühe, nicht als typische stumpfsinnige Seniorin empfunden und wahrgenommen zu werden. Sie lächelte sehr oft gnitz und vergnügt, sogar an Stellen, wo weder Gnitze noch Vergnügung angebracht schien, und strömte hinzu einen leisen verwinkelten Humor aus.

Mir war ein sturmfreier Abend beschieden. Interessiert schaute ich mir den 400. Tatort „Schwarzer Advent" an: Ein lugubrer Mensch, der an den neurotischen Fotografen im Carolinenhof erinnerte (einen schmierigen Mann mit einer unappetitlich käsig öligen Blässe im Gesicht und der Ausstrahlung einer weißen Made, der eventuell im Knast besser aufgehoben wäre, als im Fotoatelier (?)) hatte seine Frau ermordet, die beiden Kinder zu sich geholt und eine Prostituierte angemietet, weil er seinem Vater, der nach langen Jahren aus Chile zu Besuch kam, eine heile Welt vorgaukeln wollte.

Jetzt, wo ich dies niederschreibe (23.43 Uhr) sind Rehlein und Buz noch immer nicht vom Konzert zurückgekehrt. In der Stube machte sich Einsamkeit breit, in die sich nun die Sorge über den Verbleib der Erwachsenen mischte. Trotz der vorangeschrittenen Uhrzeit griff ich mir meine Violine, um noch ein wenig an der Kreutzer-Sonate herumzurepetieren. Doch der wahre Grund lag tiefer: Ich wollte von meinen Eltern beim Üben erwischt werden, da Rehlein in mir bereits mit sich gewettet hatte, daß ich gewiss vor dem Fernseher säße. Ganz der Vater!

Die Sorge um Rehlein und Buz bohrte sich in mein Innerstes, und wenn das Telefon schrillte, so zuckte ich jedesmal zusammen, weil ich mir einbildete, es sei die Polizei, die mich über einen schrecklichen Autounfall in Kenntnis setzen müsse: „Beide Insassen waren sofort tot!"

Mit Schaudern dachte ich auch daran, daß man eines Tages womöglich einen Anruf mit der Schreckensbotschaft bekommt, der Opa sei gestorben. Eine grauenvolle Vorstellung.

Gottlob sind Rehlein und Buz kurz nach Mitternacht wohlbehalten zurückgekehrt. Das Trio mit Antje Weithaas am Pult der Violine habe exzellent gespielt, so daß man es in Trio Exzellentissimo hätte umbenennen sollen!

Montag, 9. November

Bis zirka drei Uhr plätschernder Regen,
den ich allerdings als reizvoll empfand.
Hernach eine angenehme Aufklarung
weihnachtlicher Art

Als ich erwachte, war es draußen noch nicht einmal ganz hell und regnete in Strömen. Es erinnerte an einen Traum, den ich mal im Mai geträumt hatte, und worin ich direkt ein wenig geschockt war, daß schon wieder Oktober herrschte („die Oktoberregene hatten eingesetzt") bloß, daß ich im wahren Leben nun noch geschockter sein dürfte, weil jetzt nämlich schon wieder November herrscht.

Wieder schlich ich mich zum Briefeschreiben in Mings verwaistes Kabüff.

Etwas Neues hat sich in mein so ausgetüfteltes Lebenskonzept eingeschlichen. Viermal die Woche eine Stunde Briefe schreiben, und ich bin die Last der ewig ungemachten Hausaufgaben los.

Die frühmorgendliche Plauderei mit Leuten, die um diese Uhrzeit vielleicht noch im Bette schmurgelten, tat mir gut.

Der Tante Bea schrieb ich über meine erste und bislang einzige Begegnung mit ihrem zweiten Mann - meinem Onkel Jesse.

Der Jesse, der vor kurzem aufgeheiratet worden war, hatte beruflich in Wien zu tun. Opa & ich holten ihn vom Flughafen ab. (Das Schild **Vienna ist happy daß Du da bist!**☺ stieß dem Opa sauer auf)

Mobbl bereitete derweil ein köstliches Mittagessen zu, und hatte sich ganz fest vorgenommen, dem neuen Schwiegersohn, ganz egal wie er ist, einen riesengroßen Platz in ihrem Herzen einzuräumen, denn noch immer galt es, sich fassungslos mit der Lücke zu arrangieren, die der frischgebackene Exschwiegersohn Ric hinterlassen hat.

Das Beätchen hatte der Familie in Europa immer das pure Familienglück vorgegaukelt, so daß wir alle wie vor den Kopf gestoßen waren, als es eines Tages hieß, man ließe sich scheiden.

Tatsächlich drückte die süße Mobbl ihren neuen Schwiegersohn Jesse an ihren warmen, weichen Busen, ohne ihn zu kennen. (Ich sehe es noch heut vor mir)

Beim Abschied, so ich nun in meinem Brief ans Beätchen, hätten wir in unseren Händedruck das Bestreben gelegt, uns bald wiederzusehen. Dann vermisst man sich eine Weile lang, doch man gewöhnt sich an die Vermissung und vergisst sie schließlich, und dann gewöhnt man sich auch noch an die Vergessung! Und zum Schluß - der Gipfel, der Bekanntschaftsverstaubung - vergisst man sogar die Vergessung!

Ich freute mich schon sehr auf das nette Frühstück mit Rehlein und Buz, doch beim Tischdecken erfasste mich jäh das Daltonsyndrom: Ein jeder Handgriff setzte Triebe nach Art einer Kartoffel an, und drohte mich vom Pfade des Tuns hinwegzuhebeln. Ich legte uns eine schöne Musik ein: Beethoven mit Furtwängler.

„Warum verbrahmst er Beethovens spröde Diktion?" scherzte Buz und spielte damit auf eine Rezension in der Ostfriesenzeitung aus dem Jahre 1979 an, worin der Kritiker den 15-jährigen Ming mit genau diesem Satz streng am Ohr zu packen schien.

Ein Satz aus dem Sumpf der Vorkömmnisse eines langen Lebens.

Dann schwärmten Rehlein und Buz im Duett begeistert, wie schön und perfekt das gestrige Konzert gewesen sei.

Hernach haben sich die Eheleute noch zu einem Umtrunk bei Ruth und Hans Jürgen L. überreden lassen, von dem Rehlein nun so plastisch berichtete: Buz sei ein wenig anders gewesen als sonst, weil die Ruth sich nach dem ersten Glas Wein äußerst kokett gegeben habe. Wären Rehlein und Hans-Jürgen nicht dabeigewesen – sie hätte womöglich die Hüllen fallen lassen! So aber versuchte sie lediglich sich unter schrillem Gekicher auf Buzens Schoß, und sich selber in Szene zu setzen. Derzeit lernt sie eine mysteriöse fernöstliche Kampfsportart, und zu Demonstrationszwecken zwackte sie Buz in die Leber, so daß der Hans-Jürgen sehr ärgerlich und eifersüchtig wurde.

„Laß deine Pfoten von anderen Männern!" glaubte Rehlein in den giftigen Blicken zu lesen, mit denen er seine Frau wiederholt bedachte. Schon wieder hatten wir ein bannenedes Thema: Daß nämlich der alt werdende Hans-Jürgen sein Glück mit seiner jungen, burschikosen und erlebnishungrigen Ehefrau überhaupt nicht genießen kann, weil sie so gern mit jungen Herren schäkert, die altersmäßig doch wirklich viel besser zu ihr passen. Ob der Hans-Jürgen nach Art vom Dr. Dressler in der „Lindenstraße" wohl auch ständig: „Mein Mädchen!" „Mein Herz" oder „mein Schätzelchen" sagt, um sie sich warm zu halten?

Immer noch lag das große Zeitungsblatt mit den Heiratsgesuchen bei uns herum. Ein 36-jähriger Herr, der sich als Ehekandidat anpries, interessierte sich gar für klassische Musik, und Rehlein würde so gerne für mich hinschreiben, weil sie so ein gutes Gefühl dabei hatte.

Am Vormittag trat Buz in mein Zimmer, um zu verkünden, daß er jetzt täglich was mit mir arbeiten wolle. Zum Beispiel, so Buz, streiche ich den Bogen nur sehr selten bis zur Spitze aus. Aber als ich Buzen meine Beethoven Sonate vorspielen wollte, da wollte Buz lieber erst Intonation üben. Da dachte ich an den Dichter Kempowski, der mit seinen Schülern am liebsten immer nur Schönschrift übt. Wenn ein Schüler ihm ein Gedicht vortragen möchte, so denkt er womöglich: „Was gehen mich die geistigen Ergüsse irgendwelcher Schüler an - die sollen

Schönschrift lernen, mehr will ich gar nicht!" Schönschrift war und ist seine Leidenschaft.

Nach Buzens Kritikpunkten könnte man ein inneres Bildnis von meinem Geigenspiel erhalten, das an das Bratschenspiel des 14-jährigen pummeligen Girls erinnert, das ich heut in den Mittagsstunden unterrichtete: Manchmal tönte der angestrichene Ton nicht gleich los, und außerdem hört er immer viel zu früh wieder auf. Und auf der C-Saite griff es den dritten Finger stets zu hoch!

Dann spielte ich Buzen die Beethoven-Sonate bis zur Durchführung vor, und wir arbeiteten daran. Buzen lag die Arbeit sehr, und auch mir machte es Freude.

Einmal kam Tammo Bürzlmann zum Flügelstimmen.

Buz sagte so nett zu mir: „Du mußt diese Sonaten alle spielen. Sie stehen dir so gut!" Das freute mich ungemein.

Ich gelobte, die erste Hälfte von Rehleins Schülerschar zu übernehmen. Vor Freude und Dankbarkeit hat mir Rehlein schnell ein Reissüppchen mit Rindstücken zubereitet, das ich leider zum Gelärme des Klavierstimmers einnehmen mußte, so daß der Genuß dieser Köstlichkeit durch die Lärmbelästigung leicht getrübt wurde.

Unter den harten Tonrepetierungen, aus denen nicht das geringste Feingefühl heraustönte, frug ich mich, ob mein Pabba, wenn er denn Pianist geworden wäre, wohl auch andauernd tonweise herumklimpern würde, um seine Anschlagskultur zu verfeinern?

In strömendem Regen lief ich zur Musikschule.

Am Kiosk auf dem Hinweg kaufte ich mir das Klassikmagazin „Amadeo".

„Gottlob ist dies´ Journal noch nicht eingegangen!" bejubelte ich die simple Verkäuferin, die doch von dererlei null Anhnung hat.

Wenig später traf ich in einer zweifelhaften, sprich tropfend nass geregneten, Frisur in der Musikschule ein.

Im Sekretariat traf ich einen alten Bekannten wieder, den ich schon beinahe zur Gänze vergessen hatte: Den Violinlehrer, Herrn Kassens, der nun mit 63 Jahren stolzer Rentner ist, und seinen Lebensrest in vollen Zügen genießt.

Beim Unterrichten dachte ich mir: Ich erlebe jetzt einen kleinen Ausschnitt aus dem Arbeitsalltag einer ganz normalen Frau, die es im Leben nicht sonderlich weit gebracht hat: Nämlich nur bis zur simplen Musikschullehrerin. Zack, zack – wie am Fließband. Ein törichter Sargnagel nach dem anderen. Die zwölfjährige Imke fingerte unbeholfen „La Folia" auf dem Klavier. Fast jeder Ton war falsch, sowohl was die Tastendrückung als auch die Länge betraf. Ich verkomplizierte das Ganze auch noch unnötig, als ich ihr den Sext- und den Quartsextakkord nahezubringen suchte. Doch im Ohr des jungen

Fräuleins verwandelten sich diese Ausdrücke in Einsteins Relativitätstheorie.

Ich erfuhr, daß die Imke einen arabischen Vater habe und fand dies sehr interessant, denn in meiner Fantasie verdreschen die Araber regelmäßig Frau & Kind. („Ganz ohne geht´s natürlich auch nicht!")

Doch der arabische Vater hat sich schon sehr lange aufgelöst wie eine Wolke. Das kleine Mädchen verdankt seine Existenz offenbar einem spontanen Quicki in einer schummrigen Discoecke? Den gibt es gar nicht mehr, und kein Mensch weiß, was aus ihm geworden ist. Imke hat jedenfalls keine Erinnerungen an ihn, und ein Foto gibt es auch nicht. Ihre Mutti kannte nur seinen Vornamen. Den aber habe ich vergessen.

Auch bei der folgenden Schülerin Nele war fast jeder Ton falsch. Als sie die Finger zum Anfangen auflegte, frug sie leicht einfältig im Klange: „Ist das richtig sou??"

„Nein, leider nicht. Daaaa muß der Finger hin...."

Hernach kam jene bereits beschriebene Bratschenschülerin, mit der sich jedoch wenig anfangen lässt, da sie Ende des Jahres mit dem Bratschenspiel ganz aufhört, und die verbliebenen Stunden nur noch absitzt, weil sie bezahlt worden sind. Und außerdem hat ihre Bratsche leider durch unsachgemäße Behandlung einen Riss bekommen, durch den viel zu viel Luft entweicht.

Wie glücklich und dankbar ich war, als kurz nach vier unser geliebter Papa kam, um mich zu erlösen, als mir soeben ein altkluges elfjähriges Mädchen ein kleines Konzert vorgeigte. Im Hintergrund saß ihre Mutti und lauschte dem Geschehen ebenfalls - und hinzu mit ernster, fast verdrossener Miene.

Anders als normale Jungpädagogen, die sich von dererlei aus dem Konzept gebracht sehen, liebe ich es, wenn die Eltern dabei sind, da es mich eher verlegen stimmt, mit einem Kind alleine zu sein. Mir gefällt es, mit welch großer Anteilnahme die Eltern darauf hoffen, vielleicht ein kleines Genie groß-gezogen zu haben, denn ein Kind ist ja auch immer ein Los. Meist ein **Schade – eine Niete!** Gelegentlich aber natürlich auch ein **Hurra! Dies scheint mir ein zweiter Beethoven auf allen Ebenen! Welch Glück, daß man ihn damals doch nicht abgetrieben hat. Die beste Entscheidung unseres Lebens!**

Das Wetter war ganz zauberisch geworden. Ein milder, hellblauer Himmel hatte die Stadt überzogen. Ich rannte nach Hause, da ich jede Minute mit Rehlein genießen will.

Daheim war Rehlein grad dabei, sich zu satteln, um mir entgegenzulaufen. Gemeinsam liefen wir nun ein wenig spazieren. Rehlein konnte nicht von ihrem Lieblingsthema lassen, und erging sich in einem Psychologat über Buz. „Er ist ein Triebpädagoge!" wußte Rehlein, und so gesehen steckt er wohl genau im richtigen Beruf.

Rehlein erzählte von den Möllers, dem Ehepaar gegenüber. Herr Möller sei Lehrer mit Leib und Seele; seine Frau ist ebenfalls Lehrerin und hasst es. Die Kinder hören nicht auf sie, und werfen

Papierbälle durchs Klassenzimmer, um einander zu sekkieren. Doch wenn ihr Mann den Klassenraum betritt herrscht mit einem Schlag Ruhe, und die Kinder stehen stramm, wie es sich gehört.

Rehlein erzählte, wie man früher, als der Fernseher noch nicht erfunden war, den Abend liebevoll zu gestalten pflegte: Es wurde musiziert und gesungen, es wurden Spiele gespielt, es wurde gelacht, und da Opa und Mobbl je etwas andere Vorstellungen von einem gelungenen Abend hatten, wechselte man sich ab. Mobbl machte sich gern schick, und ging ins Konzert oder ins Theater. Der Opa besuchte gerne Dichterlesungen. Buz aber würde am liebsten jeden Abend ausgehen. Dies läge daran, so ich, da Buz gesellig ist, und ihm daheim leicht die Decke auf den Kopf fällt, weil er eben ein familienexterner Mensch ist.

Daheim gab´s Tee und die letzten Gugelhupf-trümmer. In Behagen gehüllt schauten wir „Brisant“. Rehlein ging das Interview mit Harald Juhnke jedoch auf den Wecker, und so schalteten wir wieder ab.

Abends gönnte Buz sich nach den Mühen des Tages noch einen kleinen Nachtspaziergang durch Aurichs Gassen, der eventuell in einen nicht enden wollenden Besuch bei der Familie Martin hinein-münden würde, da dieses Ehepaar ja auch abend für abend einfach so zusammensitzt, und nichts mit-einander anzufangen weiß. Die unreife Christiane sehnt sich nach Remmidemmi, während Papa

Johann nach dem anstrengenden Tag in der Schule ganz einfach nur noch seine Ruhe wünscht.

Wie oft muß man in der Zeitung von einem Ehemann lesen, der mal eben Cigaretten holt und nie wiederkehrt? Buz ist zwar Nichtraucher, doch das oben genannte Beispiel, ist ja nur ein Beispiel, das sich ausbauen und variieren lässt. Nach etwa zwei Stunden, als wir uns bereits seit etwa fünf Minuten Sorgen machten, kehrte der Papa dann aber doch nach Hause zurück. Buz war ganz entzückend und wir liebten unser Familienoberhaupt inniglich. Im Fernsehen lief ein Tatort mit Manfred Krug, der von Rehlein sehr gemocht wird. Ich retirierte mich jedoch, um mein Programm für das Konzert in Oberharmersbach auswendig durchzuspielen.

Dann wollten wir uns als Familie einen Film über die Callas anschauen. Wir machten es uns gemütlich, und tranken je ein Glas Rotwein zu diesem musikalischen Hochgenuss.

Dienstag, 10. November

Regen.
Am Nachmittag Aufklarung
mit reizvollen rosa Wölkchen am Himmel

Am Morgen lag ich auf Abruf im Bett. Es war schon ein bißchen hell und jeden Moment konnte der Wecker loslärmen. Im Hause gegenüber waren bereits die Lichter angeknipst; allgemein bereitete man sich auf den Tag vor. Wieder wurde mir schmerzlich bewusst, daß sich die Zeit nicht aufhalten lässt. Zwar sollte man nicht undankbar sein, und im Vergleich zu einer Stubenfliege, ist uns Menschen wirklich großzügig Zeit geschenkt worden. Und doch wird der Tag kommen, an dem man in den Spiegel blickt und sich eingestehen muß, daß man alt geworden ist. Alt, welk und weißhaarig. Ein Bewerbungsschreiben mit dem Wortlaut: „Ich heiße Franziska König und bin 93 Jahre alt", wird aussortiert, bevor man es zuende gelesen hat, und eines nicht allzu fernen Tages nimmt der Gevatter Tod den Altgewordenen, der einst vom Storch gebracht wurde, einfach wieder mit und bringt ihn nie wieder zurück.

Im Morgengrauen schrieb ich mein Abo an die Veronika. Ein Geplabber ohne Konzept wurde daraus. Ohne mit der Feder abzusetzen schrieb ich all das auf, was mir soeben in den Sinn trat, und streifte dabei auch die Logelei in der ZEIT, die etwas später auch den geistigen Untergrund unserer Frühstücksunterhaltung bildete. Rehlein, Buz & ich werden so langsam drei eingeschworene Senioren.

Buz war´s, der mich am Morgen daran erinnert hat, daß ich doch zum Ladyszirkel müsse. Etwas, das ich ganz vergessen hatte, und zu dem ich auch keine übergroße Lust verspürte. Aber später erzählte ich Rehlein verbindend, daß der Papa doch so stolz sei, eine Tochter zu haben, die schon zum Ladyszirkel geht.

Ich spaßte ein wenig darüber, wie die Damen heut ganz früh aufgestanden sind, um sich kräftig herauszuputzen. Beispielsweise sich die Augendeckel papageiengrün anzupinseln.

Nachdem ich zuende gespaßt hatte, fuhr Buz mich zur Gastgeberin, Frau Schulz, die auch sogleich freudig die Tür öffnete, da sie uns bereits durch das Küchenfenster hat kommen sehen.

„Ich habe mir sogar die Lippen gerötelt!" sagte ich rührend verschämt, woran man ein bißchen merken konnte, daß ich im Kreise älterer Damen zur Stund noch ein rechter Neuling bin.

Ich begrüßte zwei Damen, die mir nur lose - die eine gar nur vom Hörensagen her - bekannt waren: Die Frau des Oberstaatsanwalts Schmidt, der neulich niedergeschossen wurde, und sogar in der Bildzeitung und der Tagesschau Erwähnung fand.

Frau Konrink hatte ich ja bereits gestern kennengelernt und als äußerst angenehm befunden. Nun erfuhr ich, daß sie einst Lehrerin in der Lambertischule war.

Die Frau des prominenten Oberstaatsanwalts trug eine sehr aufgebauschte wasserstoffoxydfarbene Frisur auf dem Haupt, und hatte sich die welken Lippen mit einem blassrosa Lippenstift verschönt.

Der Teetisch war so liebevoll gedeckt, und neben jeder Tasse lag ein Stengel „Duplo" zur Erinnerung, daß heut Martini ist.

Die Konversation wurde von Mutti Schulz mit einem unverfänglichen Thema eingeläutet: Man begann über die Weihnachtsbäckerei zu reden. Frau Schulz, die neben mir Platz genommen hatte, berichtete, daß sie mit ihrem Jürgen heut ins Theater zu gehen gedächte, und zeigte mir den Programmtext, der - so wie die Vorschau zur „Romanze in Mull" von Frank G. - einfach zu dicht mit angesammelten Lustigkeiten aus dem Karteikasten gespickt war, um noch zu überzeugen.

Unter einem Theaterbildnis stand geschrieben: „Liebling, hast du die Ringe?" Ein Zitat aus dem Buch von Hillu Schröder. Oder hatte sich die zierliche Exe des Kanzlers gar eines lustigen Zitats aus einem Theaterstück bedient? Ob sich das Buch von der Hillu wohl auch als Theaterstück eignet?

Die Oberstaatsanwaltsgattin berichtete von ihrem angeschossenen Ehemann, und ließ einen ganzen Schwall empörender Details ab: Es hörte sich aber nicht besonders interessant an, und ich finde, wenn *Rehlein* irgendetwas erzählt, egal was, so hört es sich gleich viel interessanter an.

Dem Angeschossenen geht es mittlerweile wieder gut, und nächste Woche erscheint er auch wieder zur Arbeit.

Ähnelnd Buzen verfüge ich über ein kleines Repertorium an Erheiterndem. Beispielsweise erzählte ich von Herrn Deblon, dem etwas aufgeschwemmten Bibliothekar in der Musikhochschule, der sich nur von Fertigmahlzeiten ernährt, und einmal über das Schillerzitat: „Der Wahn ist

kurz, die Reu ist lang!" passend angemerkt hat:
„Aber jede lange Reu ist anders!" Er warf ein Auge
auf Buzens Exe Hilde, doch die Hilde verschmähte
seine Liebe. Da gab Herr Deblon die Frauen auf und
wurde zum Hagestolz.

Die Frau des Oberstaatsanwalts Schmidt berichtete, daß sie eine eineiige Zwillingsschwester
habe.

(„Dann gibt es in Deutschland also noch so eine
entsetzliche Frau!" sollte Rehlein später lose sagen)

Frau Schmidt geriet in Glut und erzählte allerlei.
Sie klingt immer sehr aufgebracht, so daß die Ohren
allgemein eher vom erzürnten, vor Empörung
bebenden Tonfall angesogen werden, als vom Inhalt
selber. Beispielsweise erzählte sie, daß sie all ihre
Liebesbriefe verbrannt habe, weil sie das Gefühl
hatte, die gingen niemanden etwas an, nicht einmal
ihre Kinder - nein, die schon gar nicht.

„Entschuldige, aber es hat nichts mit Dir zu tun!"
habe sie ihrem entgeisterten Ehemann gesagt. „Ich
habe sie gelesen - und gut is!"

Und der romantische Herr hatte sich vielleicht
Stunden und Stunden damit abgemüht, und sie gar
seiner Schwester zum gegenlesen anvertraut, wie
Ming dies vielleicht gemacht hätte?

Daheim hämmerte Buz auf der Schreibmaschine
herum und tippte zu Übungszwecken einen Brief an
seinen Schüler Fritz. Er schrieb: „Lieber Fritz! Du
bist ein ganz großer Esel. Das wußte ich schon

immer. Doch seit gestern weiß ich es noch besser. Die Gerlind ist nicht zu beneiden!"

Rehlein findet Buzens Tippübungen so köstlich, daß sie sich extra einen Ordner dafür angeschafft hat, um die alle zu sammeln. Ich wiederum übte sofort los, um die verlorene Zeit wieder einzufangen. Beim Üben überlegte ich, daß ich eigentlich hätte sagen können: „So, ich muß nun los. Ich muß arbeiten. Es gibt schließlich auch noch einen arbeitenden Teil der Bevölkerung!"

(Worte von meiner Kommilitonin Conny auf die Frage, was sie heute wohl vorhabe?)

Zum Mittagessen lief bei uns der Bundesparteitag, und wir bestaunten eine Rede von Gregor Gysi. Den neuen Kanzler Schröder sah man einmal sehr erheitert dasitzen. Doch wie es so ist: Im Plenarsaal herrscht absolute Redefreiheit und spitzen Pfeilen gleich traf den Kanzler die harsche Kritik. Ich an seiner Stelle hätte mir vor Verlegenheit den Pullover über den Kopf gezogen, und mich in ein Gespenst verwandelt.

Wir schauten den bewegenden Film über die Callas weiter, die mit ihrer Mutti gebrochen hatte. Sie schlug ihr die Bitte um eine kleine Unetrstützung ab, und redete im Rest des Lebens kein Wort mehr mit ihr.

Mittags war ich trotz des trülenden Regenwetters joggen und wurde so reich dafür belohnt, denn als ich auf dem Heimweg am Spielplatz vorbeihoppelte bekam der Himmel mit einemmale eine so atemberaubende Tönung: Flammendes Rosa in Goldschimmer. Und doch platschte der Regen weiterhin herab.

Am Abend klingelte es oftmals aufdringlich an der Tür: Die Martini-Kinder mit ihren erbärmlichen Gesängen. Die rohen rußlanddeutschen Jugendlichen sagen: „Wir njämmen auch Gjeeeld!" und wenn man ihnen nichts gibt, so sagen sie: „Fiiiick dich ins Knie!" und zischen enttäuscht wieder ab. Aber einmal klingelten die süßen kleinen Nachbarskinder, und Rehlein befüllte ihnen die Taschen mit Köstlichkeiten.

Als ich in den Repetierungen von Beethovens A-Dur Sonate stak, trat Buz ins Zimmer, um zu fragen, ob ich wohl mit ihm ins Theater gehen würde. Ich versuchte mich davor zu drücken, weil ich am Morgen bei Frau Schulz doch bereits darüber gelesen hatte. „Der kleine Horrorladen" hieß das Stück und die Inhaltsbeschreibung hörte sich ähnlich läppisch an, wie jene von der Romanze in Mull. Buz aber macht sich ein wenig Sorgen, weil ich nie etwas anderes mache und sagte so süß: „Es spielen die Wilhelmshavener! Die machen das immer so liebevoll!" Da fühlte ich mich zutiefst beschämt und ging gleich doppelt so gerne mit. Jetzt freute ich mich sogar regelrecht darauf, denn als ich die Tür zur Stadthalle öffnete, fühlte es sich an wie früher, als das überaltete Publikum zum Teil noch aus dem vergangenen Jahrhundert gebürtig war. Ein völlig anderer Menschenschlag, der mittlerweile ausgestorben ist. Streng, preussisch, unerbittlich. Und jetzt fühlte ich mich in diese erregenden Zeiten zurück versetzt, als man sich beizeiten um eine Theaterkarte bemühen musste, und die Schlange vor der Kasse unermesslich lang war. Heutzutage hat man jedoch Mühe, den Saal überhaupt halbwegs voll zu bekommen, und die Stadthalle hat man mittlerweile halbiert, damit es nicht gar zu trostlos aussieht, wenn da kaum jemand sitzt.

Und doch fühlte ich mich in die alten Zeiten hineinversetzt: Das hellerleuchtete Foyer, die schick gekleideten Ehepaare - mir war zumute, als sei ich ins Paradies hineingeschwappt worden. Zu früh vielleicht - doch mir gefiel´s!

Dann saß ich neben Buz gar in der ersten Reihe. Sehr groß war der Andrang leider nicht, obwohl in dem Hefterl zu lesen war: Nicht-Abonnenten aufgepasst! Der Andrang wird unermesslich sein!

Es handelte sich um ein sogenanntes „Mjusikl" (geschrieben von einem Herrn mit Mut zur Lächerlichkeit), und handelte von fleischfressenden Pflanzen. Anders als früher waren allerdings keine echten Musikanten angemietet worden. Die Musik aus einem Lautsprecher klang wie aus der Dose.

In der Pause schauten wir uns interessiert um, und hielten Ausschau nach jemandem, an den man sich dranhängen könnte. Doch wir kannten nur das Ehepaar Schulz.

Buz fand das Theaterstück so uninteressant, daß wir in der Pause nachhause gelaufen sind.

Mittwoch, 11. November

Zunächst schön.

Dann zogen Regenbänke herbei.

Hernach wieder schön

Im Traum *wollte ich ein Caféhaus besuchen. Als ich jedoch dort angekommen war, da fand ich die Idee mit einemmale blöd, und wollte nur noch rasch die Toilette im Obergeschoss aufsuchen. Das Obergeschoss befand sich allerdings sehr weit oben, und das Treppenhaus, mit frischem Schwung betreten, hörte überhaupt nicht mehr auf! Schließlich kam ich in einen frisierstubenartigen Raum, wo allerlei herumstand: Betten, Wannen und vereinzelt freistehende Toiletten. Besonders putzig fand ich, daß eine Toilette direkt neben einem Bett stand.*

Plötzlich fiel mir siedendheiß ein, daß doch der Opa heut kommen wollte, und so stürmte ich so schnell ich konnte wieder nach Hause. Trotz seines hohen Alters war der Opa nochmals verreist, um Mobbln zu beweisen, daß er sich mit seinen 89 Jahren noch keinesfalls zum alten Eisen zähle. Angereichert mit Endorphinen von der letzten Zugfahrt war der Opa sehr süß. Doch ich bangte schon ein wenig voraus: „Was, wenn er in der Nacht plötzlich nicht mehr weiß, wo er ist?" Gemeinsam liefen wir zu meinem riesengroßen, so jedoch höchst baufälligen Haus in *einem verwilderten Garten. Theoretisch hätte der Opa auch im Garten nächtigen können, da* im Traume *Sommer herrschte, und ich im Garten für alle Fälle ein Bett aufgestellt hatte.*

„Und das Plumsklo ist auch so schwierig zu bedienen!" dachte ich in jäh aufwallender Bänge. Man mußte einen

Eimer mit Wasser füllen und dazu in den Keller hinabsteigen. Der Wasserhahn dort war ziemlich eingerostet, so daß man ihn mit der Kneifzange aufschrauben mußte. Hernach konnte man ihn kaum zuschrauben, und der Keller stand somit stets knöcheltief unter Wasser.

Schließlich aber bezog ich für den Opa liebevollst ein Bett im Gästezimmer und dachte dabei an allerlei: Beispielsweise eine Nachttischlampe und vielleicht eine Inhalierpumpe, falls der Opa ein Staubschnüpfchen bekäme, da ich so lange nicht mehr durchgesaugt hatte. (Der Staubsauger stand hoch oben im Speicher hinter allerlei Gerümpel, und war hinzu leider kaputt).

Ich legte zwei auflösbare Tabletten in die Inhalierpumpe, las jedoch in der Gebrauchsanweisung, daß eine wohl genügt hätte. Die Tabletten würden vom Dampf gelblich einschmelzen, und damit konnte man über seine schmerzenden Gelenke fahren.

Dann erwachte ich. Aurich war vom letzten Regen noch wischfeucht, doch der Himmel war ganz blau geworden.

Buz war soeben vom Joggen im Wald zurückgekehrt und brachte frische Brötchen mit.

Doch kaum wollten wir losfrühstücken, da fiel mir auf, daß wir keine Butter mehr haben, und so eilte ich rasch zum Combi.

Als ich den Supermarkt wieder verließ, hatte sich am Himmel eine euterpralle und vor Nässe regelrecht triefende schwarze Wolke zurechtgeballt, und ich wurde sogar nassgetropft.

Zum Frühstück spielte das „Bartholdy-Quartett" ein Streichquartett von Mendelssohn, doch es klang leider häßlich. Die ganze Zeit klang es nur nach der

Durchführung, spröd, sperrig und frei von Gefühlen interpretiert, solchermaßen als handele es sich womöglich um ein paar verstaubte Gestalten aus dem Kreml, die da für uns musizieren. Ich referierte ein wenig über die 70er und 80er Jahre bzw. die Musikauffassung, die zu dieser Zeit herrschte. Damals dachte man, Musik sei da, um unbequeme Wahrheiten ans Tageslicht zu schwemmen.

Jener Kritiker, der einst über den 15-jährigen Ming schrieb: „König macht es sich und seinen Hörern nicht leicht!" hatte diesen Passus keinesfalls bös gemeint. Buz holte zu einer Rede aus und meinte, daß ich tausend Vorurteile hätte, und Rehlein nahm gleich eine entrüstete Gegenparteihaltung ein, denn wenn jemand aus Vorurteilen und Sprüchen besteht, dann doch wohl eher ein gewisser Jemand! Ich blieb aber freundlich und meinte, daß die meisten Leute deswegen nicht klug genug seien, weil sie immer nur die eine oder andere Hälfte wählen. Die Ärzte beispielsweise wollen rein wissenschaftlich sein, und viele Wunderheiler wiederum stören sich an der kalten Unerbittlichkeit und lehnen sie - einem „bauchorientierten Musiker", der das Metronom aus vollem Herzen ablehnt nicht unähnelnd - einfach rigoros ab. Sie stören sich daran, daß die eiligen Weißkittel Dinge sagen wie „Der Magen in Zimmer 13", statt „Herr Schmidt in Zimmer 13", wie es zweifelsohne netter und persönlicher wäre.

Buz und Herr Bloser wollen der vermeintlichen Gegenpartei immer nachweisen, daß sie antiwissenschaftlich eingestimmt sei, doch der wahre Künstler weiß: „Eines schickt sich nicht ohne das andere!"

Buz las uns noch ein burschikos, lockeres und somit ansprechendes Interview mit Zubin Metha vor. Der Interviewer holte aus: „Ein jüdischer Geiger (in solch einem Falle ist es natürlich unverzichtbar, dies zu erwähnen) hat mir einmal erzählt, daß das „Israel Philharmonic Orchestra" das schlechteste Orchester der Welt sei, weil es aus lauter Einzelgenies besteht."

„Jeder Jude hat seine eigene Meinung zur Musik!" bestätigte Zubin Metha.

„Stell dir mal vor - lauter Yossis!" grausten wir uns und sprachen ein wenig über den Yossi und darüber, wie er seine Feindschaften pflegen muß. Es heißt, der Yossi wolle bald aus Wien fortziehen, weil er sich von den Wienern unverstanden fühlt. Grad so wie in der Musikhochschule treffen Musiker, die zu lang an einem Ort verweilen, an jeder Ecke jemanden, den man frostig ignorieren muß. Oft kennt man nach so vielen Jahren nicht einmal mehr den Grund. Doch aus der geplanten Auswanderung in einen besseren Ort wird wohl nichts, wenn Yossis Frau Anna das nicht in die Hand nimmt.

Den Vormittag pflegt Buz folgendermaßen zu gestalten: Zunächst begibt er sich in Mings Kabüff hinauf, um Schreibmaschinentippen zu üben. Er tippt eine ganze Seite voll, und plant im Rahmen seiner Tippübungen etwas geigerisch-Wissenschaft-liches. Doch dann driftet er von diesem Plan wieder ab und schreibt launige Dinge nieder, die ihm durch den Kopf ziehen.

Heut stak ein Zettel in der Schreibmaschine, worauf zu lesen stand: „Die Haltung des Geigers hat Generationen von Geigern zu faszinierenden Spekulationen bewegt. Offenbar bislang ein ungelöstes Problem. Das Problem, die Geige vernünftig zu halten, habe ich endgültig gelöst...." hatte Buz etwas werner-gitt-artig niedergetippt.

Ich übte nebenan die Debussy Sonate etwas anders als sonst, da ich Buzens Argusohren auf mich gerichtet fühlte. Buz hatte mir bereits eine Violinstunde in einer halben Stunde angedroht. Gutmütig besuchte ich somit nach der ersten Übstunde den angedrohten Unterricht, da ich Uhrzeiten und Ankündigungen sehr ernst zu nehmen pflege (Rehleins Erbmasse in mir). Heute lernte ich etwas über Impulsgebungen am Anfang einer Notenbündelung, und im Thema des 2. Satzes der Beethoven Sonate brachte mich Buz darauf, daß man die Dynamiken eher fallend interpretieren solle, und ich hatte sie natürlich intensiv „auf Linie ringend" interpretiert, weil uns Geigenschüler immer das Gefühl plagt, zu wenig zu geben, weswegen die meisten von uns ja leider tiefe Runzeln in die Stirn zu ziehen pflegen und einen oft unangemessenen Ernst ausströmen. Und dies auch noch in den so humorvollen Beethoven Sonaten!

Rehlein mühte sich währenddessen für uns in der Küche ab: Fleisch, eigenhändig geformte, gelbe Klößchen, geraspelte Möhren, Kohlrabi und Rettich. Buz durfte den sechsseitigen Brief vorlesen, der heut von der Antje aus Amerika gekommen war.

Ich joggte ziemlich spät, als es schon stark dämmerte und hinzu ein wenig unheimlich geworden war. Als ich wieder zurückkehrte, hatte das süßeste Rehlein bereits die Teetafel gedeckt. Gemeinsam schauten wir „Brisant". Heute kam etwas über den Ronny Rieken, der kurz vor einem spektakulären Mordprozess im Landgericht Oldenburg steht.

„Dass ist ja *unser* Haus!" rief Rehlein aus, als das Seinige in schönstem norddeutschen Altweibersommer gezeigt wurde. Und hinter dem Haus hatte er liebevoll Schaukeln für seine Kinder angebracht. Rehlein fand, daß der Gestrauchelte nett und vertrauenserweckend ausschaut, so daß sie gegen ihn als Schwiegersohn nichts einzuwenden gehabt hätte. Das Dumme an einem Menschen mit derart finsterer B-Seite ist ja dies: Wenn er lebenslänglich hinter Gitter wandert, so wandert die A-Seite des hilfsbereiten Nachbarn, fürsorglichen Familienvaters und treusorgenden Ehemanns gleich mit!

Abends spielten wir zu dritt den ersten Satz vom Ravel-Quartett. Doch das Spiel machte mich ein wenig traurig: Abgesehen davon, daß das Cello fehlte, war es die wunderschöne, bewegende Musik selber, aber auch, daß Ravel bereits so lange tot ist.

Er starb ein Jahr, bevor der Storch den Eheleuten König in Hofgeismar den kleinen Buz gebracht hat, und Buzens große Schwester, das Utelchen, hätte den großen Tondichter als kleines Wammerl theoretisch noch kennenlernen können - von Oma Ella ganz zu schweigen. Ich fühlte mich wehmütig.

Spät abends wurde meine Stimmung durch ein nettes Telefonat mit Ofenbach allerdings wieder aufgewärmt. Ming hatte ein Konzert mit dem Roman und Wenzl Reineke gespielt. Wenzl Reineke hatte am Morgen eine Probe in Salzburg, flog für das Konzert extra ein und mußte am nächsten Morgen um sechs schon wieder zu einer anderen Probe fliegen. Ming meinte, dies wäre kein Leben für ihn.

Unser Vetter Hinnerk hat seit zwei Tagen ein kleines Söhnchen: Marius.

„Ofenfrisch und allerliebst anzusehen", schwärmte Omi Mobbl, die bereits die ersten Fotos per Mail erhalten hat, begeistert. Für Opa und Mobbl das dritte Urenkelchen.

Donnerstag, 12. November

Lieblich mild bis blass

Vom Weckerschrill wurde ich aus einer ganz anderen Lebenslage gerupft. *Grade war ich mit Ming an einem Beisl vorgefahren, wo wir uns mit Pfarrer Kopp treffen wollten. Am Straßenrand stand bereits der Merzedes des Geistlichen. Ming war ein wenig verärgert, da im Radio nur noch spanische Sender zu finden waren. Mit spitzen Lippen parodierte er das Spanische.*

Im wahren Leben hat Ming einen spanischen Bekannten aus Studienzeiten: Einen Dirigierlehrling namens „Jorge". *„Wie pflegst du eigentlich die Freundschaft mit dem Jorge?" wollte ich wissen. Etwas geistesabwesend nannte Ming einige Freundschaftsverstaubungswischwunder, die im freien Handel zu erhalten seien. Ohne großen Aufwand werden Freundschaften so vor der sicheren Verstaubung bewahrt. Doch noch bevor ich mir etwas darunter vorstellen konnte,* tönte bereits der Wecker. Draußen war´s noch gar nicht richtig hell. Ich stand ganz lange am Fenster und sinnierte dem Traumesballen noch ein wenig hinterher. Mir fiel ein, daß Buz und Rehlein im Traum - grad so, wie auch heut im wahren Leben - von 10 bis 12 Uhr eine Quartettprobe abzuhalten gedachten. Im Traume *stand Rehlein allerdings als verbitterte Anhalterin an einem kurvigen Straßenrand, da sie uns zu verlassen gedachte.*

„Bonn" hatte Rehlein deutlich sichtbar auf ein Schild neben sich gepinselt, da es das süßeste Rehlein zu ihren Wurzeln zurück zog.

Schließlich setzte ich mich traditionsgemäß zu meinen Schreibtischarbeiten nieder. Ich schrieb Ming und den Großeltern einen langen Brief.

Buz hatte sich ebenfalls sehr zeitig erhoben, um seiner neuesten löblichen Gewohnheit, jeden Tag joggen zu gehen - einer Gewohnheit, die erst zwei Tage alt ist - zu huldigen. Buz hurtelt seiner verlorenen Jugend hinterher und hofft sie wieder einzufangen. Da Buz trotz seiner nurmehr 60 Jahre letztendlich eher ein Bursche als ein älterer Herr ist, freut es ihn wahrscheinlich, heut gen Trossingen zu reisen, um endlich wieder ganz er Selber sein zu dürfen.

Ich begrüßte unser Familienoberhaupt in der Dusche. Als Buz wieder an Land stieg, war er vom heißen Duschdampf krebsrot im Gesicht und schaute aus wie Kaiser Nero.

Die Probe mit dem neuen Lamberti-Quartett sollte um zehne im Ballettsaal der Musikschule stattfinden. Ein Raum, in dem sich die Musiker multipel spiegeln können.

Vor lauter Freude über den neuen Cellisten hatte Rehlein gestern schon gesagt: „Ich habe den Marcel bereits vergessen!" Doch zunächst mußte nach Rehleins Bratschenstimme gefahndet werden, und Buz verdächtigte mich unverhohlen, sie bei meiner Aufräumeaktion verkramt zu haben. Ich nahms aber mit Humor und einmal sagte ich energisch: "Ich habe doch am Tag, *bevor* ihr das letzte Mal geprobt habt, aufgeräumt! Wie oft soll ich dir das denn noch sagen?" Ich sagte es nur angenehm fest, ohne jene Bärsche und Quäkigkeit, die ein Frauenzimmer so leicht seines Scharms berauben.

Für heut tröstete man sich mit einem wunderschönen Streichquartett in D-Dur von Mozart.

Nach der Probe zitierte mich der süße Buz mit gespielter Bärsche in die Violinstunde. Beethovens

Es-Dur Sonate stand auf dem Programm, und gegen Ende der Stunde wurde Buz vergnügt, weil ich viel größer spielte als sonst.

Zum Mittagsessen gab´s Suppe und einen wunderbaren Elefantenohrsalat mit frischen Tomaten, Mozzarella und Kloßresten, und ich wärmte die alte Erinnerung auf, wie Buz als Einjähriger, auf dem Kinderhochsitz thronend, mit dem Löffel auf die Suppenoberfläche gehauen hat, daß es spritzte.

„Das machen doch alle kleinen Kinder!" bemerkte Rehlein gutmütig. Die Stimmung war einfach fantastisch. Buz freute sich so sehr auf die Reise nach Trossingen, und verbreitete eine große, ansteckende und wohltuende Fröhlichkeit. Lebhaft erzählte er vom gestrigen Krimi („Der Alte") und wie der wohl ausgegangen ist. Obwohl ich nichts kapierte war ich außer mir vor Freude, daß meine Eltern nett zueinander sind.

Vom Lindalein war eine Postkarte gekommen: Eine längliche, bei der man die Ecken aufklappen konnte. Sie zeigte einen Maler auf der Brücke in Prag (schwarzweiß), der eine Dame niederpinselt. Und auch wenn die Dame züchtig verhüllt vor ihm lag, so ist sie auf dem Gemälde kurioser- oder auch empörenderweise nackt gewesen.

Die Linda schrieb, daß sie mit der Gerlind und den Kindern eine Ausstellung besucht habe. Die Daaje maulte die ganze Zeit, daß ihr langweilig sei, und die kleine Gesine sagt nach dem Hammerschlag auf den Kopf nach wie vor immer nur „Laddlladdlla!"

Auf mich wartete eine saure Aufgabe: Am Nachmittag einen ganzen Schwapp Schüler Buzens zu übernehmen.

Ich verstand mich so fantastisch mit Rehlein. „Rehlein, ich liebe Dich!" sagte ich und meinte es tausendfach so, auch wenn es heißt: „Ein Schleswig Holsteiner würde sich diese Worte tausendmal überlegen, bevor er sie anbringt. Wenn er sie aber denn mal angebracht haben sollte, so gelten sie - für immer!"

Auf Heikos Rechnung entdeckten wir den humorigen Zusatz: „Zögern Sie nicht, zu zahlen, sobald Sie flüssig sind".

Ich schickte liebe Gedanken an die brave Sekretärin Birgit in Heikos Arbeitsstube.

„Auch eine Art „taube Rosl"," berichtete ich Rehlein gerührt, und malte uns aus, wie die stille und bescheidene Birgit beim Tanzen nie mal aufgefordert wird, und wie ihre herzensgute Mutti sagt: „Kind, gej du doch auch einmal unter Menschen!" Doch die Birgit weiß schon, daß sie nie aufgefordert wird, und sagt: „Ich gehe lieber noch ein wenig arbeiten!"

Im Mittagsmagazin sprach der Verteidiger von Ronny R.. Er erzählte, daß Herr Rieken, wenn er mal eine Therapie macht, eventuell in 40 - 60 Jahren doch nochmals freikommen könnte. Nun glaubt er wohl, wenn er nach Ablauf dieser Zeitspanne nach Hause zurückkehrt, so wäre alles beim alten. Wie seltsam doch das Gefühl ist, wenn ein junger Mensch sich darauf einstellen muß, in sechzig Jahren vielleicht freizukommen, so daß man hoffen muß, daß die sechzig Jahre bald vorbeiziehen mögen. Doch bis dahin ist er, wenn überhaupt, ein welker Greis - tief in den Neunzigern.

Vor dem vollgestopften Unterrichtsnachmittag bin ich in einer hellbleichen Wetterlage noch joggen gewesen.

Dann brach ich mit Rehleins Radl zum Unterrichten auf. An der großen Ampel gähnte ich mal heftig und eine Seniorin mit sahneweißem Haupt sagte: "Müüde bin ich, gej zur Rrruuh!"

In der Musikschule war ich ein wenig traurig, daß Buz schon weg war. Wir hatten uns gar nicht von ihm verabschiedet, und ein unverabschiedet entschwundener Mensch hinterlässt ein seltsam leeres und bekümmerndes Gefühl. Zumindest bei Rehlein, Ming und mir.

Ein blondes Girl saß bereits wie bestellt und nicht abgeholt im luftleeren Raum am Klavier. Es spielte einen simplen Zweizeiler mit dem Namen „Eleganz", und das mit den punktierten Tönen schnallte es leider nicht, und blickte zu meinen hilflosen Erklärungen wie ein Mondkalb auf mich drauf. Ich gab mir die größte Mühe, alles friesenfest zu erklären, aber jedesmal war es wieder falsch, so daß ich fast wahnsinnig geworden bin, und meine Stimme schon unkontrolliert zu beben begann. Hernach trat ein feiner Jüngling mit sehr guten Manieren ein. Er begrüßte mich per Handschlag, und stellte sich höflich vor: „Philipp!"

„Darf man überhaupt noch du sagen?" frug ich ebenso höflich, da er nämlich bereits 18 ist. Es handelte sich um einen sehr frischen und lernfreudigen jungen Herrn an der Schwelle zum Leben, der es dank Buzens guter Lehren auf der Geige bereits recht weit gebracht hat, und die vier romantischen Stücke von Dvorak bot.

„Natürlich!" sagte er nett, da es sich für ihn noch etwas komisch anfühle, neuerdings gesiezt zu werden.

Nach ihm kam der große Bruder vom kleinen Tino, ein pummeliger zirka 14-jähriger Bursch, der mittlerweise aus der Haft entlassen wurde, indem seine Zähne nun nicht mehr vergittert sind. Ein riesengroßer, sehr massiger Mensch - ein Möbelpackertypus - völlig anders geartet als sein feiner kleiner Bruder, so daß sich die Vermutung aufdrängt, seine Mutti sei vielleicht *einmal* fremd-gegangen.

Wieder klimperte er gefühlsroh eine Sonatine aus dem Sonatinenalbum. Dann erzählte er mir auf ermüdende Weise, was er für Spiel zu spielen pflegt. Das Spiel heißt „Fäntäsi", und aus seiner pubertären Erklärung vermochte ich nicht schlau zu werden. Leider ein Unterricht, in dem kaum ein pädago-gisches Wort fiel. Ich riet lediglich, jeden Tag eine Zeile auswendig zu lernen.

Vera Kalaschnikow, oder so ähnlich - ein junges Fräulein mit zartsprießenden Milchbunkern und ukrainischen Wurzeln - ist heut gar nicht gekommen.

Im Sekretariat telefonierte ich mit Mutti Hoss, um mich zu erkundigen, ob die Judith heut wohl in die Violinstunde käme. Jetzt, wo sie doch ins Jugendamt geflüchtet ist, so daß man leider keinen Zugriff mehr auf sie hat. Frau Hoss klang leidend und sagte bitter: „Judith führt alle an der Nase herum!"

Mit diesen bekümmerten Worten im Ohr radelte ich durch die Schwärze der Nacht wieder heim.

Kurz vor dem Carolinenhof begegnete ich Frau Lüvers. Frau Lüvers war sehr traurig. Ihre eine Katze war verstorben, und die andere wurde von einem Virus befallen. Für die verbliebene Katze wollte sie nun leckere Dinge einkaufen. Weil es so bitterkalt war, hatte sie sich in eine großformatige Jacke von ihrem verstorbenen Mann gehüllt.

Das Üben am Abend strengte mich sehr an, doch ich weiß: Wenn ich zu schwach bin, so ist mein Blutdruck zu niedrig, und wenn mir so kalt ist, so ist die Temperatur zu niedrig. Dies schlichte Wissen gab mir Auftrieb.

Freitag, 13. November

Bleich und feucht. Am Abend nieselte es

Als der Wecker tönte, hatte mir grade *ein temperamentvoller Herr mit Speckärmchen und kleinen Röllchen auf dem Kopf plastisch seine Ellbogenbeschwerden geschildert.*

Ich hätte so gerne weitergeschlafen, weil es im Bett so gemütlich war, und draußen war´s doch noch dunkel, und im Haus hinzu ganz still!

Dann aber erhob ich mich doch, und schrieb in Mings Zimmer mein Briefabo an meine Lieblingskusine Linda. Noch während ich am Datum herumschrieb dachte ich, so wie Millionen andere Briefschreiber wohl auch: „Was soll man einander bloß schreiben?" Doch bei mir ist´s wundersamerweise, zumindest bei manchen Briefpartnern, so als würde zu Schreibbeginn eine Sicherheitskette vor einer Hirnkammer gelöst, und eine Flut an Gedanken und Ideen, die sich sogar verzweigen und verästeln, bricht sich Bahn. Ich schrieb ihr vom neuen Cellisten, Herrn Baier und seinem paprikaroten Cellokasten mit dem völkerverbindenden Aufkleber: „Alle Menschen sind Ausländer - fast überall!"

Na, die in Ofenbach werden sich wundern: Demnächst kommen nämlich an einem einzigen Tag drei Briefe von mir, die mir Rehlein so nett eingeworfen hat.

Als Rehlein nach zwölf Uhr zum Einkaufen aufbrach, schmeichelte ich ihr noch, wie toll sie immer die Briefe einwirft, und tatsächlich fühlt Rehlein auch immer sorgsam mit der Hand nach, ob der Brief auch wirklich vom Kasten verschluckt wurde. Wie leicht es doch passieren kann, daß ein Brief hängen bleibt, und erst nach 60 Jahren gefunden wird! (So zumindest in Rehleins überhitzter Fantasie, die ich geerbt zu haben scheine)

Buz hatte eine seltsame Lücke hinterlassen, die sich kaum füllen ließ. Die Zeit, bis er endlich wieder bei uns am Tisch sitzen würde, dehnte sich wie ein

Strapsband, das man bis zur Schmerzgrenze auseinander zieht.

Rehlein erzählte aus Japan: Wie ein Herr namens Köllreuther, der die Ausstrahlung eines höhergestellten Beamten angenommen hatte, versucht hat, Rehlein vor Buz zu warnen. Aber damals war Rehlein so wie es die hübsche Colette heute ist: Jung und naiv. Sie duldete kein schlechtes Wort über Buz.

Rehlein gelobte, mir als Joggender entgegenzulaufen, und tatsächlich sah ich Rehlein auf dem Heimweg als kleines Pünktchen in der Ferne leuchten. Bei jedem Schritt wurde es noch ein bißchen gewisser, daß dies tatsächlich Rehlein war. Rehlein war so rührend drum besorgt, daß ich als Hoppelnde nicht abrupt stehen bleibe, da man davon einen Herzstillstand erleiden könne, wie Rehlein mal gelesen haben will. Doch ob dies bei meinem Großmütterchengehoppel, das eher symbolischen Wert hat, ebenfalls der Fall ist, sei dahingestellt.

Auf dem Heimweg begegneten wir meiner neuen Bekannten, der Gattin des Oberstaatsanwalts mit ihrer etwas walroßartigen Tochter Kerstin. Mutter und Tochter befanden sich auf dem Weg zu einem Stadtbummel.

Daheim schauten wir „Brisant". Einmal bohrte ich in der Nase, und als ich Rehleins mahnende Blicke fühlte, tat ich auf scherzhafteste Weise so, als bekäme ich den Finger trotz ehrlichster Bemühungen nicht mehr heraus. Aus diesem Szenarium erwuchs sich eine lustige Geschichte über Buz. Daß Rehlein drei Wünsche frei hat: Aus einer ehelichen Erbosung heraus wünscht sich Rehlein, daß ihrem Mann beim Nasebohren der Finger auf ewig in der Nase stecken bliebe. Buz sucht einen Schönheits-chirurgen auf, der ihm Finger und Nase wieder trennen soll. Der Chirurg schießt ein Röntgenbild und sagt: „Ich habe eine gute und eine schlechte Nachricht für Sie: Die schlechte zuerst: Man kann es leider nicht trennen. Die gute: Sie bekommen einen Zivi bewilligt, der Ihnen bei den Lasten des Alltags zur Hand geht."

Abends schauten wir sehr interessiert „Camilla – die Schattenfrau."

„Das wäre jetzt etwas für unseren Papa!" sagte ich zärtlich, da Buz ein großer Camilla-Fän ist.

Camilla Parker-Bowles

Samstag , 14. November

Bleich und feucht. Fast neblig

Am Morgen weckte mich das süßeste Rehlein so nett mit einer dampfenden Tasse Carokaffee und Mandarinenschnitzen.

Die Frühstücke mit Rehlein sind ein unerhörtes Quell an Inspiration: Welch fesselnde Themen angeritzt werden! Ich erzählte Rehlein von einem Serienmörder in England, der lauter Penner ermordet hat, die niemand vermisste. Dann kamen die bösen Taten aber doch ans Tageslicht, da die Toiletten in jenem Mietshaus, worin er wohnte, dauernd verstopft waren.

Wir modulierten weiter zum Fritz. Der Fritz als emporstrebender Violinist ist immer in Eile, so daß er sehr froh ist, wenn die Linda ab und zu eine Auge auf „die Glaaaaane" (die kleine Daaje) hält. Rehlein wusste, daß die kleine Daaje schon jetzt, mit vier Jahren!, beschlossen habe, sich *nicht* für Musik zu interessieren. Grad so wie das Töchterlein vom Yossi - die kleine Dindi.

Ich schilderte Rehlein, wie die Dindi die anstrengenden Eigenschaften vom Yossi übernommen hat, und wie Annas Alltag ein einziger Eiertanz ist, wenn man nicht in permanentem Unfrieden leben will. Bang sagt sie zur kleinen Dindi: „Ist es okay wenn....?" Da die kleine Dindi äußerst ungemütlich werden kann, wenn ihr etwas gegen die Hutschnur geht.

Sogar auf Gerhard Dreyfus, einen Bekannten aus der Mottenkiste, wurde die Rede geschwenkt, weil nämlich Mutti Dreyfus so traurig ausgeschaut hat, als Rehlein sie unlängst in der Stadt traf. Der Sohn, der es immerhin zum Staatsanwalt gebracht hat, war zu seiner Mutter zurückgekehrt. Er zog in sein altes Burschenzimmer und machte gar nichts mehr. Nun aber läge er in der psychosomatischen Klinik.

Rehlein hat Frau Dreyfus allerdings Mut gemacht, und versucht, den traurigen Ausdruck in ihrem Gesicht, der schon Wurzeln zu schlagen drohte, wieder hinweg zu zaubern. „Mensch ist das toll! Da war ich auch schon mal! Hernach war ich ein ganz neuer Mensch", verriet Rehlein und nahm Mutti Dreyfus damit die Scheu, sich mit dieser vermeintlichen Schmach weiter durchs Leben zu quälen.

Wir schauten „Hallo Deutschland":

Heut ging es darum, daß am Wochenende 2100 Herren zwischen 13 und 70 Jahren zum Speicheltest im Falle des zersägten Markus Wachtel gebeten worden sind. In lustvollen Schauder gehüllt erzählte eine Seniorin, daß die Eltern jetzt, wo die Tage kürzer werden, ihre Kinder gar nicht mehr vor's Haus lassen möchten. So unheimlich sei die Stimmung in Peine nach diesem mysteriösen Mordfall.

Gegen 13 Uhr konnte mich Rehlein zu einem gemeinsamen Spaziergang gewinnen. In leicht nebliger Trübnis liefen wir zum Kanal, und unterhielten uns wie immer äußerst packend.

Ich will versuchen, die Gesprächsmodulation nochmals nachzuempfinden: Begonnen hat alles damit, daß ich berichtete, daß die Hilde ihre Frisur nun henmarot färben ließ, nicht wissend, daß Buz als Maler und Ästhet ausgerechnet diese Farbe auf dem Haupt einer Dame nicht ertragen kann. Es könnte sein - „aber hier will ich mich nicht zu weit aus dem Fenster lehnen", schob ich eifrig dazwischen - daß die knackige junge Frisöse, mit Haar aus purem

Gold, gesagt hat: „S´isch hindö scho alles grau. Sollöt mir färbö?"

Es ist hinten schon alles grau. Sollen wir färben?

Dieser Satz fährt den Ü-Dreißigerinnen dermaßen tief ins Gebein, daß sie praktisch alles mit sich machen lassen, wusste ich, und schilderte, wie Buzens Schweiß zurück tritt, wenn er die Hilde mal wieder sieht. (Leicht hämisch von mir - aber Rehlein hört dererlei gern)

Dann kam die Rede auf die Uroma, die Rehlein einst sehr vor Buz gewarnt hat. Der unreife Buz habe damals oft auf verletzende Weise imitiert, wie die Mobbl, die doch heimlich in ihn verliebt war, wohl gern mal mit spitzen Lippen geredet hat, um vornehm zu scheinen, und der Opa wiederum - als Mann vom alten Schlage - stand wiederholt kurz davor, seinem übermütigen Schwiegersohn eine Maulschelle zu erteilen.

Rehlein berichtete plastisch, wie Onkel Döleins Exe Christa im Spielkasino plötzlich von lodernder Spielsucht erfasst wurde; sie begann vor Gier zu glühen, und ihr Verstand zerbröselte von Minute zu Minute. Als Onkel Dölein sich weigerte, ihr noch mehr Geld herauszurücken, hasste sie ihn bis auf´s Blut, da sie sich doch auf der Siegerschiene wähnte, und im Geiste bereits als steinreiche Frau sah.

Dann wurde die Rede darauf geschwenkt, wie ich mich als Kleinkind völlig verändert habe, als die Tante Bea nach Amerika ausgewandert ist, so daß man sie nicht mehr sah. Ich habe immer nur nach dem Beätchen gefragt und gar nicht mehr gesungen.

Dann hab ich nur noch das Brüderlein imitiert und wartete auf Erfolg. Ich wollte auch so süß gefunden werden wie mein kleines Brüderlein.

Rehlein sprach über das Wort „putzig", das ihr neu war, bis sie Buzens Familie kennenlernte. Schrieb der Opa mal ein tolles Gedicht, so hieß es: „Is ganz putzig!"

Dann sprachen wir darüber, was es immer für ein Spießrutenlauf sei, „der Neue" in der Klasse zu sein.

Rehlein hatte uns ein Spiegelei und Kürbisscheibletten gebraten. Dazu gab es warmes Fladenbrot mit Butter.

Immer wieder frug ich Rehlein, ob ich heut in die Teestube gehen dürfe. Rehlein hatte nichts dagegen.

„Oder soll ich lieber daheim bleiben?"

„Das mußt du wissen!" sagte Rehlein.

„Heute hü und morgen hott! Das gejt doch nich!" rief ich nach Art einer entrüsteten friesischen Seniorin tadelnd über mich selber aus.

Dann hatte ich eine Eingebung: So, wie es in den Schulen das Klassenbuch gibt, in das man mit Tadel eingetragen wird - so könnten wir uns doch ein Familienbuch zulegen: Wurde am....mit Tadel ins Familienbuch eingetragen.

Nach einer Weile brach ich zum joggen auf. Erst als ich bereits losgespurtet war, bemerkte ich, daß ich Mings Trainingspulli falschrum angezogen hatte. Die Kapuze baumelte vor mir, so daß ich mich wie ein Truthahn fühlen mußte. Ich amüsierte mich darüber, bevor ich dann in geheimnisvollem Nebel verschwand.

Mein Blutdruck war vom joggen sogar noch weiter in die Tiefe gesunken. „Oh je, ou je,ou jeminée!" rief ich schon wieder auf die Art einer friesischen Seniorin aus.

In der Zeitung las ich über den Prozess gegen Ronny R.. Sein IQ sei nicht schlecht. Jedenfalls besser als mein Blutdruck: 110, und außerdem hat er schon mehreren Fräuleins aufgelauert, die ihm jedoch allesamt entwischt sind. Der Richter ist einmal unbeherrscht gegen den Sünder aufgeschäumt, da er trotz seines hohen IQs immer so nichtssagende und stereotype Antworten gab: „Weiß ich nich. Kann ich nich sagen!" und solcherlei halt.

Rehlein und ich entspannten uns beim Tee vor dem Bildschirm. Wieder schauten wir „Brisant": Diesmal ging es über den so regen Zulauf beim Speicheltest, der von den Guten immer so übereifrig wahrgenommen wird, da man es liebt, offiziell als Unschuldslamm eingestuft zu werden.

Ich hatte uns je ein Früchtebrot mit Koks-Samba bestrichen, doch als wir soeben hineinbeißen wollten, schrillte das Telefon. Die Tante Bea aus Übersee war´s. Ein herzliches Dauertelefonat wurde draus. Allem Anschein nach werden Ming und ich demnächst für ein Konzert in den USA engagiert. „Ich weiß natürlich nicht, ob die Amerikaner mehr Wert auf Intonation oder mehr Wert auf Interpretation legen!" sagte ich im Taumel der Freude spaßeshalber einfältig.

Der Jesse habe einem Herrn bereits am zweiten Tag nach dem Kennenlernen von seiner Eigenurinkur berichtet. „So was erzählt man schließlich nicht am ersten Tag!" habe er es begründet. „Der hat Allergien. Dem erzähle ich das!" habe der Jesse gesagt.

Als ich schließlich wieder auf meiner Violine übte, rief mich Rehlein mit ganz ernster Stimme herbei, so daß ich bereits mit Bänge erfüllt die Treppen hinab stieg und mit etwas Schlimmem rechnete. Und tatsächlich: Buzens Spezi Peter hatte uns etwas Erschütterndes auf Band gesprochen: Der Vater seines ostfriesischen Schülers Henning habe Selbstmord verübt.

Und so sprachen wir beim Abendessen über das Telefonat, das Rehlein mit Hennings fassungsloser Mutti geführt hat. Ihr Mann hatte großen beruflichen Ärger. Daß er aber seinen Beruf als Bankbeamter über die Familie gestellt hat, will der schockgebeutelten Frau nicht in den Kopf.

Rehlein hatte die Idee, daß ich beim Begräbnis etwas spielen könnte, und ich überlegte mir, ob es wohl befremdlich wäre, wenn ich dort Paganinis mörderische 9. Caprice spielen würde. Ein neckisch verspieltes Werk, das auf einem Begräbnis nichts zu suchen hat. Solchermaßen, als wolle ich das Begräbnis dazu nutzen, mich im Vorspielen zu üben.

Ich versank in eine wehmütige Stimmung, da Rehlein angedeutet hatte, daß sie vielleicht nach Amerika auswandert. Ich aber könnte mich weder von meinem Vaterland noch von Rehlein trennen.

Sonntag, 15. November

Bleich, aber das Wetter selber
schien in eine gewisse Poesie gehüllt

Heut schlief ich viel zu lang, und als Rehlein besorgt an mein Bett trat, sagte ich: „Knuddel mich wach!" Doch Rehlein ist mit dererlei eher etwas sparsam, damit ich´s lern (?).

„Du mußt dir einen Mann suchen!" rief Rehlein aus.

Der Grund, warum ich den Ausgang aus dem Bett nicht schaffte, war der leidige Blutdruck. „Der Geist ist willig, doch das Fleisch ist zu schwach!" murmelte ich hilflos. Schließlich hatte ich dann aber doch etwas Energie zusammengebündelt, hüpfte aus dem Bett und begann alsbald loszuplappern, wie dereinst als Kleinkind, da Rehlein mich immer so in Schwingung versetzt:

„Bald komme ich ins Zipperleinalter!" rief ich aus, „und bekomme womöglich den Spitznamen „Omi Zipperlein"?"

Unten machte ich beim Fensteröffnen ein Gedöns drum, was Buz für ein hübsches Zimmer habe: Zwei Fenster, von denen eines über die Hecke hinweg auf die Straße und das andere auf das Auto gerichtet ist. Ein Bücherregal bis an die Decke, gefüllt mit packendsten Romanen und vielem mehr. Ein großformatiges Bett; an der Wand die schönsten Bilder, die man sich überhaupt nur vorstellen kann; und einen riesenhaften Schreibtisch der zu Großtaten aller Art inspiriert. (Ein Geschenk von Rehleins Verehrer, Herrn Berke)

„Es gibt viel schönere Zimmer!" sagte Rehlein, das sich auf dem Sofa sitzend die verknorzelten Füßlein mit Essigtrunk einpinselte.

„Du bis ja wie des Fischers Fru!" rief ich aus.

Jede normale Tochter hätte heut, am 11. Tag des Zusammenlebens, einen Zwist vom Zaum gebrochen, und Worte dieser Art wären doch wohl der ideale Aufhänger dafür. Doch bei mir ist dererlei nur Spaß, und ich liebte Rehlein unglaublich!

Wir unterhielten uns packend auf psychologisierender Ebene: Rehleins Blutdruck ist wieder in die Höhe geschnellt, weil sie das Drama um Hennings Papi so mitgenommen hat, und auch ich hatte heut im Bett schon schaudernd daran denken müssen, daß das Erste, was Hennings Mutti nach dem Schlaf wohl ins Hirn hüpft, der jähe Tod ihres Mannes sein dürfte. Einen Tod, den man eventuell hätte verhindern können, wenn man die Sorgen und Nöte des Herrn ernster genommen hätte. Wahrscheinlich hat es dem depressiven Mann den Rest gegeben, daß zu allem Übel auch noch Freitag der 13. herrschte.

Rehlein war auch schon einmal klinisch tot: Als ich geboren wurde, da ich schon damals, als Embryo, falsch gelegen bin. Rehlein hat aber nicht sterben wollen, da sie sich doch schon so sehr auf ihr Glück als junge Mutti gefreut hat. Schaudernd malten wir uns aus, wie es mit mir ohne Rehlein wohl weitergegangen wäre? Ein herrenloses Würm, das zu einem unreifen jungen Papi gehörte, der sich vielleicht seinem Naturell entsprechend über kurz oder lang eine Neue gesucht hätte.

Sicherlich hätten mich die Großeltern liebevoll großgezogen, mutmaßte Rehlein nett.

Rehlein war mit dem frisch gestimmten Klavier sehr unzufrieden. Vorallem die Terzen tönten in Rehleins Alabasterohren aseptisch-steril, da Herr Bürzlmann, dem das Vertrauen in seine eigenen Ohren fehlt, stets mit Hilfe eines japanischen Stimmgeräts zu stimmen pflegt. „Ein guter Klavierstimmer sollte seine Kunst jedoch auf Basis seines feinen Gehörs ausüben!", schmähte Rehlein den plumpen und erdschweren Mann.

Zu Mittag gab´s eine Pfanne mit Kürbis, Karotten, Kartoffeln, Knoblauch, Sauerkraut und Würsteln.

Ich schilderte Rehlein meine Eindrücke, die ich so habe, wenn ich beim Üben aus dem Fenster blicke: Vertrocknete Senioren, über die ich Überlegungen jener Art anstelle, ob sie vor zwanzig Jahren, als ich damit anfing, beim Üben in diesem Zimmer aus dem Fenster zu schauen, vielleicht noch ganz normale Menschen in der Blüte ihrer Jahre waren? Solcherlei Seniorengebilde gab´s allerdings damals schon, und viele von denen liegen heut womöglich bereits auf dem Gottesacker. Man kann die Menschen mit seinen Blicken kurz einfangen, doch halten kann man sie nicht. Dann sieht man brave und doch verdrossene junge Speicheltesttypen, die den Kinderwagen ausfahren und in ihrer Freizeit jungen Mädchen auflauern. Da fuhr ein junges Ding mit Rotkäppchen und Zigarette ihr kleines Kind im Kinderwagen spazieren.

Beim Tischabdecken philosophierte ich darüber, daß wahre Freunde niemals sagen sollten: „Da kann dir die Entscheidung niemand abnehmen. Das mußt du selber entscheiden!" Sie sollen einem ganz klar und eindeutig, fast befehlend sagen, was zu tun sei. Als mich mal meine Freundin Katharina frug, ob sie sich wohl lieber für den Christoph oder lieber für den Dietmar entscheiden solle, da habe ich geraten, sich beide warm zu halten.

Diese alte Geschichte nahm ich aus jenem Grunde zur Hand, weil Rehlein auf meine etwas stereotype Frage, ob ich ins Teehaus dürfe, meist mit einem: „Das mußt du entscheiden!" zu antworten pflegt. Später sagte Rehlein jedoch jedesmal fast barsch: „Nein!" so, daß ich es heimlich tun mußte.

Nein, stimmt nicht: Ich hätte es nur *fast* heimlich gemacht. Rehlein hatte mir angenehmerweise die Entscheidung abgenommen, und der müßiggängerische Teestubensaß rupft mir allemal ein großes Loch in meinen Tagesablauf - vom finanziellen Aderlass gänzlich zu schweigen.

Rehlein machte sich für ihren Spaziergang zum Kanal so richtig hübsch: Zwanzigerjahrehaft mit einer zierenden Haube und schicken geschnürten Stiefeletten. Ich stürmte schon mal voraus.

Auf meinem Wege machte ein altes Mütterlein mit Kapotthütchen einen gemäßigten Nachmittagsspaziergang. Ich überholte es auf demütigende Weise in einem Turbotempo.

Auf dem Heimweg begegnete ich meiner lieben kleinen Mama in Spielplatznähe. Der graue Himmel hatte eine zarte Färbung angenommen. An einer Stelle war er aufgerupft, und auf bescheidene Weise schimmerte zartes Rosa hindurch. Rehlein sah in ihrer Kostümierung malerisch aus, wie Lady Chatterley oder sogar Camilla Parker-Bowles.

Am Nachmittag riefen Opa und Mobbl ihre Tochter Rehlein an, und es entwickelte sich ein Dauertelefonat. Oftmals hörte man Rehlein auf eine ganz entzückende Weise laut lachen, da ihr offenbar lustige Geschichten erzählt wurden. Hernach kam Rehlein so süß in mein Zimmer heraufgewetzt, um mir freudig zu erzählen, wie gut die Senioren draufgewesen scien. Es habe jedoch geheißen, der Opa ernähre sich nur noch von Schokolade, und Mobbl habe geschelmt, sie glaube, der Opa hätte vielleicht Parkinson, denn bei jedem Zitterer hupfe ein Stück Schokolade in seinen Mund.

„Das fand ich so geistreich!" sagte Rehlein in vergnügter Verschämung so süß.

Ich durfte noch einen kleinen Gang in die Stadt hinaus machen, und meine Füße trugen mich tatsächlich in die Teestube.

Als ich nach einer Weile durch den trüben Novembernachmittag wieder zurückkehrte, brannte in Mings Ashram Licht: Rehlein saß an der Schreibmaschine und klimperte an einem Geburtstagsbrief an die Tante Bea herum.

Wieder stellte ich mich in meinem Zimmer auf, um mein Violinspiel zu verbessern. Das ovale Dachfenster vom Haus gegenüber sah, beleuchtet in der Dunkelheit, aus, als sei der Mond aus der Form geraten, indem er etwas länger geworden war.

Als ich fertig geübt hatte, telefonierte Rehlein mit dem Henning.

Der Henning ist so wütend auf seinen Vater. Durch den Selbstmord, der das kleine Dorf, in dem die Familie lebte, zutiefst erschüttert hat, war er gezwungen seine Studien in Wien zu unterbrechen und mit dem Nachtzug nach Ostfriesland zurück zu fahren, um seiner Familie beizustehen. Die Nachbarn geben sich allesamt ganz wimmrig. Sie kleiden sich schwarz, klopfen mit hartem Knöchel an, treten durch die knarzende Türe ein, setzen sich auf die Bank, seufzen herum und verbreiten eine unerträgliche Stimmung.

Die Familie würde sich sehr freuen, wenn ich auf der Beerdigung etwas spielte.

Der Abend mit Rehlein war so unglaublich nett und erfüllend. Rehlein sah so süß aus heut - rein frisurell gesehen so wie damals als 23-jährige, als sie einem jungen Geiger das Jawort gab - nicht wissend, daß man von Geigern die Finger lassen möge. Dies sei leider ein Naturgesetz, berichtete ich. Ich wisse es aus jenem Grunde, da ich Geigerfilme sammle. So unterschiedlich sie auch sein mögen - eines haben sie doch gemein: Die Quintessenz, daß Geiger die Frauen nicht glücklich machen.

Wieder hielten wir eine Knoblauchorgie ab und spielten jenes unterhaltsame Spielchen, daß wir zum Spaß eine Heiratsannonce für mich entwerfen.

„Süße Strapsmaus, 36..", hatte Rehlein sich von den Schriften anderer inspirieren lassen.

„*Zu* klug sollte er nicht sein, aber auch nicht torhaft", umriss ich die anvisierte Intelligenzspanne, wie ich hoffte, eindeutig genug.

Montag, 16. November

Wechselhaft:
Nordischer Sonnenschein mit Windmühlenflair.
An ein Gemälde von Wilhelm Busch erinnernd.
Hernach bleich

Zum Frühstück flutete die Sonne zum Teil in flüssigem Gold in unser Wohnzimmer. Rehlein und ich schauten den bewegenden Schwarzweißfilm „Der Menschen Hörigkeit" nach einem Roman von William Somerset-Maugham an.

Als ein Student namens Philipp wie gelähmt seinem erloschenen Liebesglück mit einer Dame namens Mildred hinterhertrauerte, regte ein Kumpel locker an, sich vollaufen zu lassen.

„Du legst deine Trauermiene ab...", schlug er lose vor.

Wieder las man über den Prozess von Ronny R., der als treusorgender Vater und Ehemann dargestellt wurde. Nach seiner Verhaftung hat sein kleines Söhnchen Florian aufgehört zu singen und zu jubilieren. Grad so, wie einst ich, als die Tante Bea nach Amerika auswanderte.

Nach dem Frühstück mußte wieder drangedacht werden, meine zu stagnieren drohende Karriere ein wenig anzufeudeln. Doch heut kam ich damit einfach nicht so recht vorwärts, obwohl ich mir extra einen Stuhl in die Telefoniernische gestellt hatte, um mich ein bißchen als echte Sekretärin zu fühlen.

Die Tage sind so erschreckend kurz. Man steht etwas früher auf und doch schrumpfen sie einem rasch wieder zusammen.

Der Vormittag schien mir ziemlich komprimiert, da es um 14 Uhr bereits mit der Schülerschar losging.

Kurz zuvor kamen zwei junge Leute zu Besuch, um Rehleins wunderschöne Bilder zu bestaunen. Vom Winterwind bepustet sah die junge 34-jährige Frau bereits jetzt aus, wie eine angeknitterte Mutti, die sich von früh bis spät aufregen muß, und ich glaube, ihr Mann hat sie sogar einmal „Mutti" geheißen.

Wenn ich am Nachmittag unterrichten muß, so gibt sich Rehlein immer solch eine Müh, mir etwas Gescheites vorzusetzen. Beispielsweise einen Teller mit leuchtend güldenen Kartoffeltalern. Und wer jemals Kartoffeln von Rehleins zarter Hand zubereitet gegessen hat, der weiß, in welch paradiesische Wolke ich während dieses Hochgenuss' gehüllt war. Hinzu servierte Rehlein zwei verschiedene Salate: (Rettich und Möhren). Dankbar für die so bekömmlichen Speisen rief ich aus: „Im Grunde reicht es ja, wenn man sich im Leben von Mahlzeit zu Mahlzeit hangelt."

Beim Genießen sinnierte ich ein wenig darüber nach, wie einem Penner wohl zumute wäre, wenn Rehlein ihm auf wohltätige Weise einen Teller mit Bratkartoffeln vorbeibringen würde.

Die Zeit bis zum Unterrichtsbeginn rieselte bereits solchermaßen, als habe ein Mehlsack, den man irgendwo hinbefördert ein kleines Loch. Um 13.30 wollte ich das Haus verlassen und nun war's bereits 13.23! Ich erzählte Rehlein noch rasch jene Episode aus meinem Leben, als Mobbl mal aus Groll gegen Ming eine ganze Nacht lang nicht schlafen konnte, weil sie ständig über einen Satz nachsinnieren mußte, der es Ming wirklich „geben" sollte. Und bei der ganzen Brüterei kam schließlich jener Satz heraus, der am nächsten Tag über dem Frühstückstisch schweben sollte: „Ich wußte gar nicht, daß die

Gerlind eine Heilige ist." (Mit überraschtem Beiklang ausgesprochen)

Grad so wie beim Lindalein konnte ich mich kaum
aus Rehleins Aura lösen. Doch ich mußte mich los-
reißen. Streckenweise raste ich sogar, um etwas Zeit
zu schinden, die sich dazu nutzen ließe, mich noch
ein wenig in die Zeitung zu versenken, bevor der
erste Sargnagel die Türklinke hinabdrückt.

Die Montagsschüler kenne ich jetzt bereits alle
auswendig. Zunächst kam die brave, 15-jährige
Heike B., in ihrer Tankwartshose. Ein junges
Fräulein, das bereits einen Freund mit ernsten
Absichten hat. Manchmal, so auch heut, bringt sie
ihn in die Violinstunde mit, wo er ganz artig in der
Ecke sitzt, so daß auch ich zu denken pflege „Das ist
der Richtige". (Geduldig, von angenehm leisem
Auftreten, kulturell interessiert)

Heike B. spielte einen Einblättler von Tartini - ein
Werk, das man ohne Klavierbegleitung gar nicht so
richtig genießen kann. Es ist so, als käme ein
Schauspielschüler, der ein Telefonat einstudiert hat
und Dinge sagen muß, wie beispielsweise: „Ja...
mhm.... so ist es... du sagst es...Apropos...schneide
mir doch bitte nicht dauernd das Wort ab!"

Hernach kam das Tastenpflänzlein Imke, zwölf
Jahre alt - ernst, bebrillt - das sich mit einer Sonate
von Scarlatti abplagte. Dann wiederum saß ich eine
ganze Weile lang geduldig neben der einfältigen
Halbtunesierin Sarah, die die einfachsten Töne nicht
auf die Reihe bekommt, und deren Mutti einst der

Sogwirkung eines Beaus aus tausendundeiner Nacht erlegen ist.

Es folgte die rothaarige Bratschennudel „Kerstin", ein Girl mit schwarzlackierten Fingernägeln, und schließlich die kleine – etwa achtjährige – Christine Müller. Ein altkluges Mädchen mit Zwicker auf der Nase, das es dank Buzens guter Lehren auf der Violine äußerst weitgebracht hat, bereits sehr gut zu vibrieren versteht, und in diesem Jahr bereits einen stolzen ersten Preis beim Wettbewerb „Jugend Musiziert" eingeheimst hat. Um nur einen Punkt verpasste sie die Weiterleitung zum Landeswettbewerb nach Hannover. „Aber es war besser so!" sagte sie reif wie eine ältere Dame. ⌈Sonst hebt man ab!⌉ dies sagte sie zwar nicht, aber *ich* dachte es für sie.

Nach dem Unterricht war die einsetzende Dunkelheit bereits stark vorangeschritten. Ich belohnte mich und meine Mühen mit einem Saß im Zentralcafé. Behaglich, aper, ohne ausgestorben zu wirken. Die freudlose Bedienstete hat mich sogar einmal matt angelächelt, als ich das bestellte, was ich immer bestelle: Einen Irischen und einen Nußknacker, und ein selbstzerknirschtes „So wie immer!" hintanfügte. Beim Warten auf die Köstlichkeiten las ich im Stern über Telefonterror. (Ein beliebtes Hobby bei jung und alt)

Als ich schließlich, eingehüllt in großer Vorfreude auf Rehlein, heimmarschierte, war es bereits gänzlich dunkel.

Rehlein mußte um viertel nach fünf selber unterrichten. Bevor ich losgezogen war, hatte ich noch ein großes Blatt aufs Klavier gestellt: „Rehlein, Du süßer Schatz. Ich liebe Dich!" steht in schlichten Worten darauf zu lesen. Mir selber wird wahrscheinlich niemand so einen Zettel hinlegen, wenn ich mal 59 bin, dachte ich beim Gang durch die nieselnde Dunkelheit.

Daheim bei uns lag ein Brief auf dem Tisch, den Rehlein ganz dicht betippt, dem Opa zum Geburtstag geschrieben hatte.

Am Abend war Rehlein leider etwas müde und ausgelaugt. Ich erzählte meiner Mama die Leidensgeschichten verschiedener Leute, um sie wieder aufzubauen: Man ist nicht allein in seinem Leid! Das Leben auf Erden ist nur für die Wenigsten von uns ein Zuckerschlecken. Ich berichtete von Arthurs Onkel Konka, der schon mit Zipperlein auf die Welt gekommen war, und trotzdem nie seinen guten Humor verloren hat; ferner von Katharinas Vater, dem Geistlichen aus Freudenstadt, der leider unter einem ungünstigen Stern geboren wurde: Diabetes & Depressionen!

Dienstag, 17. November

Am Vormittag barschte sekundenweise
ein Eisregen auf.
Zunächst bleich,
dann ein zartes Mienenspiel am Himmel.
Die Sonne schien kleine Küsschen verteilen zu
wollen und zeigte sich demgemäß stets nur ganz kurz

Im grau-bläulichen Dämmer zur Morgenstund
übte ich bereits eine Stunde lang auf meiner Violine.
Unter anderem übte ich das Andante aus Bachs a-
moll Sonate, das ich heut auf dem Begräbnis von
Hennings Papi darbieten wollte.

Rehlein erzählte, daß sie, wenn sie sehr gut schläft,
so wie heut, im Anschluß daran manchmal Kopf-
schmerzen bekäme. Der Kopfschmerz stimme sie
mürrisch, und sie drohe sich nach Art von Tante
Debbie auf die B-Seite zuzukanten, auch wenn sie
das gar nicht möchte.

„Vielleicht solltest du gar nicht mehr schlafen!"
sagte ich, „vielleicht solltest Du Dein Bett verkaufen!"

Beim Frühstück psychologisierte Rehlein wie alle
Tage über Buz: Er habe sich angewöhnt „sie" oder
gar „se" zu sagen, und damit irgendjemand völlig
Undefinierbaren zu meinen. „Dann sollten se
doch...."

Bald schon brach Rehlein in die Stadt auf.

Auf ihre so rührend aufmerksame Art hatte Rehlein sich vorgenommen, Blümchen fürs Grab zu
besorgen.

Und dann kaufte Rehlein mir auch noch warme
Sohlen für meine Schühchen, da Rehlein mich
nämlich bereits in der kalten Kirche vorausassoziiert
hatte.

Am Vormittag schuftete ich wieder eine ganze
Stunde lang für meine Karriere und machte dabei
folgende Erfahrung: Es ist ein bißchen wie mit der
Nase: Mal läuftse, mal nicht. Heut lief´s. Eine nette
Kantorin in Bamberg sagte sogar in belustigtem
Interesse: „Ich bin gespannt auf die CD!"

Man muß ja auch im Hinterkopf behalten, daß der
Ivo aus Buzens Streichquartett mal 200 CDs seiner
Popgruppe verschickt hat. Auf zehn Bewerbungen
gab es *eine* Absage, auf zehn Absagen eine halbe
Zusage. Dies bedeutet wohl, daß die Popgruppe im
Anschluß an die Aktion zehn Konzerte gab.

Kurz nach zwölf stand ich gesattelt und abfahr-
bereit im Flur, da es geheißen hat, es käme eine
Orglerin vorbei, um mich zum Begräbnis abzuholen.
Ich stellte mir ein feines junges Fräulein mit gelock-
tem brünetten Haar und einer weißen Schleife auf
dem Kopf vor. Umso überraschter war ich natürlich,
eine gestrenge Seniorin mit weißem Pagenkopf zu
erblicken. Ich erfuhr, daß es sich um eine 75-jährige
Orglerin handelte, die sich extra für das Begräbnis
nochmals aus der Mottenkiste des Ruhestands

hervorgewühlt hatte. Sie kommt aus Extum. „Denke ich an Extum, so denke ich an Frau Dreyfus!" rief ich aus.

„Frau Dreyfus ist meine beste Freundin!" sagte die Dame verbindend.

In der Kirche des entlegenen kleinen Orts Münkeboe hatten sich die bedrückten Trauernden bereits zu Horden geballt. Ich saß oben auf der Empore und blickte auf folgendes Szenarium hinab: Den Sarg inmitten eines Blumenmeers und traurig vor sich hinschimmernden schlanken und bleichen Kerzen. Auf einer Trauerbinde las man die berührenden Worte „In unsagbarem Schmerz".

Vorn in der ersten Reihe saßen die Hinterbliebenen. Der Martin, ein Schüler Rehleins und einer der fünf Söhne des Verblichenen hatte sich aus Kummer nicht einmal frisiert. Demzufolge blickte man auf eine zerwühlte Hinterkopffrisur. Meine Gedanken wanderten zu Peters Studenten Henning. Der junge Musikstudent aus Wien wurde jäh aus seinem so beschaulichen Studentenleben gerupft. Statt sein Klavierspiel zu vervollkommnen saß er nun wieder in der kleinen Kirche in seinem Heimatdorf, um den Vater zu Grabe zu tragen.

Die Zeremonie dauerte, so wie fast alle Begräbnisse 29 Minuten lang, und ich gab mir große Mühe, das Andante aus der a-moll Sonate von Bach mit allem Gefühl zu tränken und nicht nur so Ton für Ton herabzuhobeln und mich hernach damit herauszureden, daß man einfach nicht aus sich hinausgehen könne, wenn alle trauern.

Schließlich folgten wir dem schlichten Sarg, der von etwa acht Herren mit Leichenbittermiene über den Kirchhof geschleppt wurde.

Nun stand der Sarg neben der Gruft. Das Wetter leuchtete zärtlich und schien direkt mit einem Augenzwinkern behaftet, das besagen sollte: „Wir sehen uns wieder, wetten?" Ein Wetter aus einem mattblauen Himmel, bedeckt mit verschieden getönten Wolkengebilden wie aus fernen Jahrhunderten, und ich prägte mir diesen unwirklich scheinenden Moment gut ein. Ob dem Verblichenen im Sarg nun nicht doch sehr kalt würde, denkt man quer an der Vernunft vorbei, und: „Was, wenn er noch nicht ganz tot ist?" Wie die Leute wohl alle spitzen würden, wenn aus dem Inneren heraus jemand ganz deutlich an den Sarg klopfen würde?

Kurioserweise kommt selbst bei Beerdigungen manchmal das Musikhochschulsyndrom durch: Man möchte nicht so gerne gesehen werden, und hat den Trauernden gegenüber gewisse Berührungsängste. Vielleicht weil man vom Gefühl bewegt wird, dem Trauernden wären nunmehr alle Lebenden mit ihren hilflosen Beileidsbekundigungen auf den Lippen (nichtssagendem Gemurmel) zum Ekel. Ob vielleicht heimlich gedacht wird: „Warum ER???Warum nicht sie?!" Ich merkte es sogar an mir. Als mir klar wurde, daß auf der Parte wahrscheinlich zu lesen war: „Von Beileidsbekundungen am Grabe bitten wir Abstand zu nehmen!" wollte ich mich diskret zurückziehen, und saß bereits neben der weißhaarigen Seniorin im Auto, als ich sah, daß der Martin sich suchend nach mir umschaute. Im ersten Moment zog ich gar den Kopf ein wenig ein. Dann aber besann ich mich um, und stieg wieder aus. Wenig später fuhr mich ein bärtiger Herr zum Trauerhaus, und bereits auf dem einsamen langen Fußweg konnte man die drei älteren Söhne hintereinander herschreiten sehen. Alle drei, sogar der Johannes, den ich gar nicht kannte - ein junger Mann an der Schwelle zum Erwachsenwerden mit einem kahlrasierten Haupt - reckten den Kopf durchs Autofenster herein, um mich zu bebusseln. Sie waren sehr warm und freundlich, und der Henning lächelte gar, um die Trauermiene zu vertreiben. .

Im Hause selber saß man, gänzlich in Schwarz gehüllt und in luguberster Stimmung beim Tee. Die Mutti war bleich wie ein Leichentuch, und wir Damen umarmten einander unnatürlich lang. Bruno und Benjamin, die beiden jüngeren Söhne, die den Toten gefunden hatten, seien völlig verstört auf ihrem Zimmer geblieben.

So als verlegener Teegast möchte man natürlich auch nicht die ganze Zeit nur seine Fassungslosigkeit und die Frage *warum* sich der Vater bloß erhängt hat, betonen. („Er hatte doch alles: Eine nette Frau, fünf gesunde Söhne und ein Dach über dem Kopf!")

Außerdem hat(te) er sogar eine ganz liebe Schwiegermutter, die in der Küche emsig dafür Sorge trug, daß niemand in Teenot geriete. In der Küche hing sogar noch ein kleines Gemälde, das der Benjamin als Bub mal für seinen Papa gemalt hat: „Lieber Papa! Ich hab dich sooooooooo lieb!!!!!! Dein Benni" stand da anrührend und schlicht zu lesen.

Zwei Zeichen von OBEN gab es auch: Als ich mit Henning und Martin spazieren lief, folgte uns ein kleines graues Kätzchen, das uns von unserem Schmerz abzulenken versuchte; und als mich der Martin am Spätnachmittag heimfuhr, flutete unter einer Wolke flüssiges wohltuendes Gold hervor.

„Ich bin gut angekommen!" schien es zu besagen, „härmt Euch nicht!"

Doch zuvor spazierten wir noch auf einem gepflasterten Pfad: Links und rechts dörfliche Idylle.

Der Peter habe dem Henning am Telefon gesagt, daß der Tod für ihn auch etwas Fröhliches habe.

Vati Gerdes hat seinen Lieben keinen Abschiedsbrief hinterlassen. Stattdessen habe er aber seine aufgeklappte Lebensversicherung unter die hellerleuchtete Lampe auf den Tisch gelegt.

„Das ist so typisch für meinen Vater!" sagte der Henning und lächelte gequält.

Dann saßen wir noch in der Küche herum. Es gab verschiedene Kuchen zur Auswahl, und einer, ein Kastenkuchen, war gar ganz besonders gut, dieweil er von der hauseigenen Oma gebacken worden war. Einer patenten Frau mit Zwicker auf der Nase, die mich sogar herzlich umarmte.

Dann brachte mich der Martin heim.

Das Erste, was ich nach meiner Heimkunft in Angriff nahm, war in einer ganz schönen Abendstimmung joggen zu gehen.

Der Spätnachmittag mündete in den Frühabend.

Nach einer Weile kehrte Rehlein von der Musikschule nach Hause. Ich schuftete allerdings noch bis 21.19 Uhr, um dann wirklich Feierabend zu machen. Als die Rede drauf kam, daß am Sarg von Johann Gerdes auf einem Schleifchen so rührend zu lesen stand „Deine Mama" wurde Rehlein von ihren Gefühlen regelrecht übermannt und weinte bitterlich.

Nachdem die Tränen versiegt waren schauten wie „Der Menschen Hörigkeit" zuende und waren ergriffen.

Die Heiratsgesuche in der ZEIT, die immer noch auf der Bank herumliegt, schienen mir mit einem Male erschreckend banal, als mir klar wurde, daß die ganzen wertvollen Charaktereigenschaften, die einem heiratswütigen Menschen an seinem noch gesichtslosen Partner vorschweben, für die Entfaltung der Liebe kaum eine Rolle spielen dürften. Man lernt einen Menschen kennen, der in jedem Punkt seinem Wunschbild entspricht: Klug, warmherzig, kreativ, gutaussehend, unternehmungsfreudig - doch man liebt ihn nicht. Kleiner Trost: Wenn er wirklich in allen Punkten übereinstimmt, so versteht er auch dies. Bloß lässt sich die Liebe auch dann nicht herbeizwingen.

Mein Blutdruck war wieder sehr niedrig: 100 - 61, und Rehlein mutmaßte, daß der ihrige womöglich so hoch sei, weil sie ständig von Leuten mit niedrigem Blutdruck umgeben ist.

Dienstag, 18. November

Bergend verschneit (wunderschön) in Sepia-Tönung

Beim Blick aus dem Fenster erlebte ich eine freudige Überraschung: Aurich war sahnig eingeschneit. Es schaute aus, wie in Opas Kinderalben in den 40er Jahren. Ich war total begeistert.

„Wie damals, als Rainer und Dölein noch klein waren, und der Opa ständig Schneemänner mit ihnen baute, und sie mit dem Schlitten hinter sich herzog, um damit einen steilen Hügel hinabzusausen!" rief ich aus.

Rehlein war so bezaubernd zu mir.

Ich erzählte Rehlein, daß ich so gerne in Norddeutschland lebe.

„Sicherlich wegen der Gerdes-Buben?" mutmaßte Rehlein neckisch, und fand's so süß, daß ich nicht gleich kiebige Widerwortsgeschosse auffuhr, wie eine dümmliche Jugendliche, sondern bloß gesagt habe: „Eigentlich schon seit März!" (Seitdem wir nämlich in Larrelts waren - dort wo Ostfriesland am allerschönsten ist).

Das Leben hätte schön sein können, doch mich befiel plötzlich eine entsetzliche Furcht: Eine Furcht *vor dem unerträglichen Ärger, wenn meine Doppel-CD nun endlich fertig ist, und man erschüttert feststellen muß, daß die beiden CDs vertauscht und mit dem falschen Etikett versehen wurden.*

Zum Frühstück schauten Rehein und ich „Ehen vor Gericht", und erlebten es somit hautnah mit, wie ein öliger Chefstypus sich seine Sekretärin „an Land zog". Das Fräulein aus dem Osten mit der burschikosen Rupffrisur wollte endlich aus dem Ostmief heraus und hoch <u>hinaus</u>! Einmal fiel gar jener, für einen sich in verzwickter Lage befindlichen Herrn typischer Satz: „Es ist anders als du denkst!"

Da wir um 11.02 noch immer nicht mit unserem Tagewerk begonnen hatten, sagte Rehlein so süß über das Ehedrama: „Nimmst du dies wenigstens ein bißchen als Unterricht??"

„Nein. Ich schaue aus reiner Genussfreude!" gab ich zu.

Nach dem Frühstück schickte mich Rehlein zum Schneeschippen vors Tor, weil diese Arbeit für Rehlein mit ihren mittlerweile fast sechzig Jahren nun doch zu anstrengend geworden ist. Für mich mit meinem niedrigen Blutdruck war sie jedoch noch anstrengender. Ich hatte das Gefühl, ich schipp und schipp und es wird nicht weniger. Dann half mir Rehlein aber doch, und tauschte sich hinzu mit einer Nachbarin auf dem gegenüberliegenden Straßenufer aus. Übermütig schmetterte Frau Cremer einen herzlos klingenden, so jedoch amüsierlichen Satz zu uns herüber: „Man *will* ja, daß jemand ausrutscht. Bloß soll dies nicht unbedingt vor der eigenen Haustüre sein!" Haha.

Mittags warteten wir freudig auf Buz, ohne den unser Leben im Grunde nichts Ganzes und nichts Halbes ist. Buz wußte allerdings noch nicht, ob er es wohl rechtzeitig in die Musikschule schaffen würde. „Kein Problem!" sagte ich herzlich, „dann unterrichte eben ich."

Rehlein briet mir so lieb Bratkartoffeln mit Roter Beete, und dann rief mich Onkel Dölein aus Übersee leicht verspätet zum Geburtstag an. Dank Internet hat Onkel Dölein noch vor uns die ersten Fotos von Hinnerks Sohn Marius zu Gesicht bekommen. „Wie sieht er aus??" fragten wir gespannt.

„Gewöhnlich", meinte Onkel Dölein einfach. Ein Dolchstoß in das Herz einer jungen Mutti, die vom freudigen Gefühl geflutet ist, daß man noch nie ein so schönes Baby gesehen hat.

Während des Telefonats ist unser Papa heimgekehrt. Buz brachte mir einen Schwall Post mit, den ich zum Mittagessen vorlesen durfte. Besonders gerührt hat mich der warme Brief vom süßen Ming. Ming erzählte, daß er meine Theaterstücke, die ich als Kind geschrieben habe, einst liebevoll abgetippt habe, weil er sie für Weltliteratur hielt.

Draußen wurde es immer zauberischer, so daß es einer Sünde gleichgekommen wäre, im Hause zu bleiben. Und so marschierte ich zum Carolinenhof, um einen Film abzugeben. An einer Ampel traf ich die freudlose Dame aus dem Zentralcafé, die mich auf matte Weise kurz anlächelte. Mein eigenes Gesicht war soeben von einem Schmunzeln überzogen gewesen, weil ich etwas Lustiges gedacht hatte. Ich lief ein paar Schritte vor der freudlosen Frau her, und dabei hätten wir uns doch, gerad *weil* wir uns eigentlich gar nicht kennen, sicherlich wahnwitzig viel zu erzählen gehabt, nämlich praktisch unser ganzes Leben!

Später als es dunkel war, saßen wir beim Tee vor dem Bildschirm. Wie alle Tage schauten wir sehr interessiert „Brisant": In Hamburg saß ein verstorbener Herr, der - wie das aufgeschlagene Fernsehjournal verriet - im Mai 1993 starb, fünf Jahre lang tot vor dem Bildschirm. Sein kleiner Weihnachtsbaum, der auf dem Fenstersims stand, schaltete automatisch jeden Abend die Lichter an, und verbreitete auch in Sommernächten eine weihnachtliche Stimmung, die niemanden zu genieren schien. Auch seiner alten Mutter, die ihm per Dauerauftrag die Miete zahlte, schien es nicht weiter sauer aufgestoßen, daß der Herr Sohn sich so gar nicht mehr meldete, geschweige denn, so wie früher, mal rasch reinschneite, um sich nach einem salopp dahingeworfenen: „Na, Mutter, alles klar?" freudig an den Tisch zu setzen, um ein von mütterlicher Hand kunstvoll zubereitetes Süppchen zu genießen.

Zu später Stund fuhren wir heut bei Nebel und Glatteis zu der schicksalsgeprüften Familie Gerdes. Der Henning stand bereits am Wegesrand, um uns den Weg in dieser kaum beleuchteten einsamen Dorfstraße zu weisen.

Im Garten hatten die drei Älteren einen riesigen, lustigen Schneemann erbaut. Mit einem kleinen Hut auf dem Kopf und riesigen Füßen mit kunstvoll geformten Zehen und Zehennägeln. Mutti Gerdes war noch immer kalkweiß im Gesicht. Das Blut schien ihr in die Füße geflossen, um dort vor sich hinzuklumpen. Zunächst machte sie ein paar Worte drum, die wohl einem jeden Hinterbliebenen nur allzu vertraut sein dürften: Daß sie ständig das Gefühl habe, ihr frisch verstorbener Ehemann käme zur Tür herein.

Aber im Grunde sitzt man nur da und wartet vergebens drauf, daß der Schmerz nachlässt.

Der Abend ist dann trotz allem eher vergnüglich und heiter geworden. Im Laufe von nunmehr sechzig Jahren hat sich der süße Buz ein riesengroßes Repertorium an erheiternden Anekdötchen zugelegt, die nur gezündet werden müssen. Jene rührende Gewohnheit, die ich auch bei Omis altem Freund Waldi beobachtet habe - in frenetischer Erheiterung loszuprusten, bevor der Witz überhaupt gezündet hat - (an einen Menschen erinnernd, der ins Schwimmbad steigt, auf der letzten Stufe ausgleitet und mit einem lauten Platsch ins Wasser fällt), beobachtete ich nun auch am süßesten Buz.

Das Kätzle hat mal mit der Hand an die Scheibe gepocht, um um Einlass zu bitten.

Liebevoll streichelte Buz dem kleinen Kätzlein das Haupt.

Nach etwa drei Stunden verabschiedeten wir uns. Wenn man dann wieder in die Kälte der Nacht hineinsteigt muß man doch sehr an den Russen Serow denken, (dem Entführer von Matthias Hinze). Nach seiner Flucht aus dem Gefängnis wurde er frierend und zitternd von einem mildtätigen Herrn aufgelesen.

Rehlein war so bezaubernd heut. (Ich glaube, dies schreibe ich jeden Tag?)

Donnerstag, 19. November

Wunderschön! Sahnig verschneit, blauer Himmel, zärtlicher Sonnenschein

Auch den heutigen Tag begann ich leis und zart mit einer Briefschreibestunde in Mings verwaistem Burschenzimmer. Wenn mein Stift leise auf dem Papier tänzelt, merken Buz und Rehlein gar nicht, daß ich schon wach bin.

Ich schrieb dem Opa, der es eh bald vergisst, einen Brief zu seinem 89. Geburtstag. Frei von unsinnigen Behoffnungen und Bewünschungen, da der Opa lieber etwas Aussagekräftiges und Interessantes liest, statt dererlei. Und so schrieb ich all dies, was mir durch den Sinn stob. Zum Beispiel darüber, wie eine normale Enkelin wohl schrübe. Sie fasst gestelzte, übertriebene und weltfremde Hoffnungen, die sie tief im Inneren überhaupt nicht hegt, in wohlüberlegte Worte.

Aus unserem Esszimmerfenster bot sich eine Aussicht, von der man hätte trunken werden können: Sahnig verschneit lag der Garten in schönstem Sonnenschein.

Buz las im Amadeo einen Artikel mit dick aufgetragenem Humor: "...die Bratschen schmieren". Buz mußte laut darüber lachen, weil dies offenbar *sein* Humor ist.

Nach dem Frühstück sind Rehlein und ich zum Hosenkauf bei Ippe Jansen aufgebrochen. Einem Hosenhändler, der sich in der Nähe vom Pferdemarkt niedergelassen und selbstständig gemacht hat. Wir begaben uns auf den Weg, obwohl es immer eine Anstrengung bedeutet, in derart klirrender Kälte das Haus überhaupt zu verlassen. Als ich Buz zum Abschied küßte, schloß ich meinem Naturell gemäß beim Küssen die Augen, um den kostbaren Moment noch besser zu genießen. Buz hatte jedoch grade eine ganze Mandarine in den Mund geschoben, so daß sich der Kuss eiskalt anfühlte.

Jetzt aber lief ich mit Rehlein durch die Sonne. Auf dem Wege trafen wir Rehleins Teezirkeldame Frau Bode, eine freundliche Frau mit vielen künstlichen Zähnen im Mund, die eventuell aus unterschiedlichen Schaffensperioden ihres Dentisten stammten: Mal zu weiß um wahr zu sein, mal nicht weiß genug, mal stimmig...

Im Grunde hat sich für Rehlein nicht viel geändert, seit ich zwei Jahre alt bin. Damals mußte Rehlein auf Buzens Geheisch hin immer Stöckelschuhe tragen.

Im 1965:

Auf unseren Spaziergängen pflegte Rehlein geduldig zu warten, bis ich mich mit meinem Freund, dem Hydranten zuende unterhalten hatte. Ab und zu sagte Rehlein damals: „Die Mama friert sich gleich die Füße ab!" Doch Buzens Erbmasse in mir trat zutage, indem ich zum Hydranten sagte: „Hast du auch kalte Füßlein, du armer, armer kleiner Hydrant?"

Zu dieser rückblickenden Erzählung betraten wir den Hosenladen. Ich bekam eine geschmackvolle Hose und einen schicken grauen Pullover gekauft, und Rehlein hat alles gezahlt!

Die Verkäuferin, die von der Form her ein wenig so ausschaute, wie die dauerempörte alte Dame mit dem Kapotthütchen in Trossingen, ist die Mutti von Rehleins ehemaliger Schülerin Monja. Beim Zahlen haben wir sogar netterweise Rabatt bekommen, weil´s ja ein Geburtstagsgeschenk für mich sein sollte. Dann hat uns die Dame auch noch eine Fremdgangsgeschichte von ihrem Schwiegersohn erzählt.

Der Kauf freute mich sehr. Vor dem Laden jedoch trennten sich unsere Wege, da ich das Büro von unserem Freund Heiko aufsuchen mußte. Wie immer, wenn ich zum Heiko laufe, der am anderen Ende der Stadt lebt, kam ich kaum vom Fleck.

Durch die Graf-Ulrich Straße lief Heikos Frau Moni mit ihren beiden Kindern. Aus Angst vor Kinderfängern holt sie die Kinder jeden Tag von der

Schule ab. Sogar zum Spaghetti-Essen lud sie mich ein, doch ich wunk ab, da doch daheim Rehlein mit den Speisen auf mich wartete.

Vor Heikos Büro stehen große graue Pantoffeln, wie man sie von asiatischen Tempeln her gewöhnt ist, und wo man mitsamt seiner Straßenschuhe hineinzusteigen pflegt, um sich nicht extra bücken zu müssen.

Ich bekam einen aufgeschäumten Kaffee aufs Haus, und mußte zwei Zettel für die Gema ausfühlen, auf denen Fragen aufgelistet waren, die weder einen Beantwortungs- noch (beim Empfänger) einen Bearbeitungsschwung auslösen dürften. Eine Arbeit, die selbst einen gutmütigen Menschen sehr anödet.

Nur eine Sache war lustig: Im Klosett hängt nämlich ein Bild, wo ein auf einem Stuhl sitzender Herr beim Pinkeln in hohem Bogen in die Kloschüssel zielt. „Werner, du pinkelst doch hoffentlich im Sitzen!" ruft ihm seine Frau mahnend durch die geschlossene Türe zu.

Ich begleitete den Heiko noch kurz nach Hause, wo die ganze Familie beim Spaghettiessen um den Tisch herum gruppiert saß, und sehnsuchtsvoll auf das Familienoberhaupt wartete, auf daß man endlich losschlemmen könne.

Daheim erlebte ich eine riesengroße Freude: Ming und Linda waren gekommen. Buz stak somit in einer Situation, wie einst wir Kinder mit dem Opa: Man wollte den Opa genießen, und mußte in die Schule.

Genauso erging es Buzen jetzt. Man sah ihm an der Nasenspitze an, wie schwer es ihm fiel, ausgerechnet jetzt das Haus zu verlassen.

Bei uns ging´s drunter und drüber, da nämlich Tammo Bürzlmann erneut zum Stimmen gekommen war.

„Daß es ihm nicht peinlich ist, die Leute zum Mittagessen mit seinem stumpfsinnigen Klaviergestimme zu molestieren und zu quälen!" meckerte ich. Klavierstimmer zu sein schien mir der schlimmeste Beruf von allen - armer Herr Bürzlmann!

Dann präsentierte ich die süßen Wannenfotos von Rehlein. Ich hatte Rehleins schlanke Beine, die aus der Wanne auf Zehenspitzen an der Wand emporgetänzelt waren fotografiert. Dreht man das Foto um 90 C°, so sieht es aus, als spaziere Rehlein auf ungewöhnlich elegante Weise direkt aus dem Duschhäusl in die Freiheit hinein.

Das Drama um den erhängten Herrn Gerdes hatte sich herumgesprochen, und in Anbetracht des gräßlichen Schocks, den er seiner Familie damit bereitet hat, konnte das Lindalein es nicht fassen, warum er es verabsäumt hat, an die Türe zu schreiben: „Bitte richten Sie sich auf einen Schock ein!"

Rehlein hatte so nett einen Gugelhupf zubereitet. Ich mußte jedoch erst noch in Schnee und Sonnenschein joggen, weil ich den Gugelhupf im

Kreise meiner Lieben mit gutem Gewissen genießen wollte.

Ming erzählte, daß das Scherzo von Brahms mit Anne-Sophie Mutter und Lambert Orkis ganz fantastisch sei: Spannend und voller Dynamik. Man muß uneingeschränkt zugeben, daß die beiden zur absoluten Weltklasse zählen.

Zunächst hatte es geheißen, ich dürfe in Holland ein Werk von Bach meiner Wahl spielen. Heut aber hieß es wiederum, ich solle die d-moll Partita spielen, und dabei hatte Buz erst gestern im Auto ein wenig darauf herumgeritten, daß ihm meine letzte Aufführung der d-moll Partita in Holland nicht so gut gefallen habe. Ich weiß aber gar nicht, was ich machen soll, damit sie ihm gefällt.

Als ich grad losüben wollte, schellte es an der Tür. Draußen stand Ruth L. mit ihrem verstockten Sohn Pascal. Wir hatten gar nicht gewusst, daß der Pascal zur Klavierstunde angemeldet war, denn Buz war bereits in die Musikschule entwichen. Mutti Ruth wurde fast ein wenig hysterisch vor Angst, daß der stark übergewichtige Bub mit der Deckelfrisur womöglich die Motivation verliert, wenn der Unterricht dauernd ausfällt. Was blieb uns anderes übrig, als Mutter und Sohn in die Musikschule zu schicken.

Später erzählte Buz, daß die Ruth in der Musikschule geradezu beängstigend komisch gewesen sei. Sie geriet in einen seltsamen Rausch über die verschiedenen Klaviersschulen, und wollte ständig wissen, welche die Bessere sei. Ich lobte die Klavierschule von Schaumburg: Jedes Lied katapultiert einen ein paar Millimeter weiter Richtung Weltspitze.

Abends herrschte bei uns so eine glückliche Stimmung. Ming erzählte, wie unglaublich sie sich auf uns vorgefreut haben.

Buz las uns aus dem Ägyptentagebuch von Ming und Linda vor, und wir kamen aus dem Lachen überhaupt nicht mehr heraus, weil alles so köstlich beschrieben war.

Dann rief jemand an, und hinterher mussten wir raten, wer aus unserer Vergangenheit da angerufen hatte.

„Falsch!" sagte Buz ständig mit einem verschmitzten Lächeln, und sah so süß dabei aus.

„Hat der eine Freude dran!" sagte Rehlein gerührt über Buz.

Buzens alter Schüler Gunter wars. Der Meisterfurzer.

Freitag, 20. November

Sahnig verschneit. Meist schöner blauer Himmmel

Bachs d-moll Partita tönte vollmundig, und doch auch ein wenig gleichmütig durch´s Haus, weil ich nach so langer Zeit keine tiefen Empfindungen mehr für dieses Werk hege. Mir geht es somit so, daß ich manchmal bereits zwei Abschnitte weiter bin, ohne es gemerkt zu haben, weil ich an etwas anderes gedacht habe. Und zwar dachte ich wie folgt: „Mir geht es somit so wie einer Ehefrau, der ihr Mann zur Gewohnheit geworden ist."

Zwei Dinge brachten mich förmlich zur Raserei: Wenn meine zerfledderten übergroßformatigen und lappenweichen Notenblätter der Ysaye-Sonate vom Notenständer hinabglitten und in einem Blattsalat liegen blieben, und einmal verhedderte ich mich an einer Stelle in der Schumann-Sonate so blöd, als das Lindalein grad so interssiert im Schaukelstuhl saß, um zu hospitieren.

Dann aber trommelte Buz die Seinen zum Frühstück zusammen. Was gleich für ein Leben im Haus herrscht, wenn man zu fünft ist! Rehlein, im Spätsommer des Lebens stehend, ist so eine süße Synthese aus Opa und Mobbl geworden: Von der Mobbl die warme Knuddeligkeit, und vom Opa die rührend dünnen Beinchen, die in einem geschmackvollen Balletthöschen staken.

Zum Brötchenfrühstück - Buz hatte so interessante, frisch erfundene Brötchen gekauft, (längliche Brötchenknüppel) - hörten wir Svjatoslav Richter mit Beethovens Appassionata. Allgemein imponierte zwar das kraftvolle Forte des Verstorbenen, doch ich befinde mich derzeit in einer Lebensphase, wo mir dererlei weniger zusagt. Dieses unerbittliche, fast irre Element, wenn jemand sich ganz in die Musik Beethovens hineinkniet, um sie noch irrer und unerbittlicher scheinen zu lassen.

Ach ja, wir mußten auch noch den Zettel für die GEMA ausfüllen. Darauf wird man mit so vielen unsinnigen Fragen gequält, daß das Ausfüllen zur Pein wird: Zum Beispiel musste man eine Lizenznummer hinschreiben. Buz wußte nicht, was eine Lizenznummer sein soll, *obwohl* er doch Gewerbebetreiber ist! Und ich weiß nicht mal, wie man das schreibt, obwohl ich doch die Tochter eines Gewerbebetreibenden bin!

„Dann schicken wir es einfach so ab!" regte Buz an - ganz so wie in Rehleins stöhnenden Erzählungen. Doch dann kommt der Zettel wieder zurück, und der angestrengte Bewerbebetreiber schiebt die saure Arbeit weiter vor sich her.

Nach dem Frühstück erhielt ich oben in Mings Zimmer eine Lektion in der Schumann Sonate. In all unseren Zimmern sind die Papierlampen vom vielen Geigeüben schon ganz durchlöchert. So natürlich auch diese hier. Spiele ich Buzen vor, so spiele ich naturgemäß immer ein bißchen anders als ich fühle: Den Fokus auf Größe und Kraftesfülle gelegt, so daß es vielleicht groß und kraftvoll ist, aber halt einfach nicht genial!

Liebevoll, und sich in den raffinierten Details ergehend, arbeitete Buz mit mir an diesem Opus.

Zum Mittagessen gab´s Fisch und sahniges Kartoffelpüree.

Buz verließ bald das Haus, und Ming und Lindalein waren heut ständig unterwegs, um uns endlich mal einen Computer zu beschaffen, ohne den ein normaler Haushalt heutzutage einfach nicht mehr denkbar ist, wie es heißt.

Im von der Sonne beschienenen sahnigen Schneepüree, joggte ich los. Der Anblick, der sich mir darbot, erinnerte an ein Bild in einem Bildband, der einem die sinnliche Pracht und Herrlichkeit des Winters vor Augen führen möchte.

Direkt nach der Metzgerei wäre ich auf dem Eis beinahe ins Schlittern geraten. Ein Herr lächelte mich verbindend an und sagte auf gebrochenem Kanackendeutsch: „Du, komm i mit." Doch ich rannte ihm davon.

Nachmittags lief ich wieder zum Heiko. Der Weg bis zu seinem Büro am anderen Ende der Stadt kommt mir aus unerklärlichen Gründen immer so weit vor. Man hat das seltsame Gefühl, daß man läuft und läuft, jedoch nie ans Ziel gelangt, da es sich mit der gleichen Geschwindigkeit seiner Schritte von einem hinfortbewegt.

In der familienfreundlichen und ruhigen Graf-Ulrich-Straße warfen Kinder mit Schneebällen vom Balkon nach den Passanten.

Wie alle Tage saßen Heiko und Birgit so fleißig an der Arbeit, und es reute mich ein wenig, ihnen nichts mitgebracht zu haben. Nun war ich so weit gelaufen, und doch handelte es sich nur um einen Blitzbesuch zum Zwecke, die GEMA-Zettel vorbeizubringen. Es dämmerte schon ziemlich, und um 18 Uhr war eine

Quartettprobe mit einer Dame namens Ilka an-
beraumt.

Auf dem Heimweg kaufte ich einer jungen
gepflegten Frau auf dem Marktplatz vier Bosköppe
ab. Die Dame hüpfte herum, weil ihre Füße auf dem
kalten Steinboden festzufrieren drohten, zumal sie
offenbar keine so fürsorgliche Mutter hat, wie
Rehlein eine ist. Bis 18 Uhr dauere ihre Schicht, und
seit sieben Uhr am Morgen stand sie bereits da. Ich
machte liebe mitfühlende Worte und bot an, schnell
nach Hause zu rennen und ihr ein paar dicke
Wollsocken zu bringen, da ich mich in Rehleins
Tradition fühlte, und Rehlein immer so mitfühlend
ist. Doch es war bereits zu spät. Bis ich wieder da
wäre, wär die Schicht vorbei, und dann würde sie
sich daheim ein heißes Fußbad gönnen. Auf diesen
sinnlichen Genuss freute sie sich bereits jetzt un-
bändig.

Abends probten wir mit der Ilka im Wohnzimmer.
Buz ging auf Künstlertypenart in keiner Weise auf
Rehleins künstlerische Anregungen aus dem
Bratschereck ein. Ärgerlich dachte ich: „Und wenn
ein Schüler das döööfste Zeug anmerkt, das man
sich überhaupt nur vorstellen kann, tut Buz zuweilen
so, als verkünde er das Evangelium!“ Ich spürte die
Erbmasse von Mobbl und Rehlein in mir, die
dererlei fast den ganzen Tag denken.
Plötzlich machte die Probe allerdings einen
Hakenschlag und wurde sehr nett. Es fing damit an,

daß ich Buzen ganz diskret und am Wissen der Anderen vorbei „Vibrato!" über einen wichtigen Ton schrieb, und durch diese kleine Aufrüttelung klang es gleich „wie von der Callas gesungen". Theoretisch hätte ich's natürlich typisch quartettspielerhaft vor aller Ohren zur Sprache bringen können, und Buz damit zum dummen Schüler degradiert. Etwas, das unter Musikern leider usus ist.

Einmal betrat Ming das Zimmer, stellte sich neben uns Probende und lauschte unseren Bemühungen. Buz hörte jedoch gleich auf und meinte, es würde ihn stören, wenn jemand so ungemütlich in der Ecke stünde, während alle anderen bequem sitzen. Doch Ming sagte so rührend: „Ich stehe ganz gemütlich in der Ecke. Ich bin Euer guter Geist!"

Sehr nett verlief das Abendessen. Buz erzählte, wie ihm der kleine Hendrik heut einen Weihnachtsmann aus Schokolade in die Musikschule gebracht hat. Gestottert habe er nicht mehr. Ich erzählte, daß ich Opas Kinderberichten entnommen habe, daß auch Rehlein als kleines Kind eine Weile lang gestottert hat, und der Opa hat sich so schreckliche Sorgen gemacht. Ihm war zumute, als sei sein liebstes Spielzeug kaputt. Er konsultierte einen Gelehrten nach dem anderen, doch dann hörte die Stotterei ganz von alleine auf, als er mal eine Weile lang keinen Gelehrten aufgesucht hatte.

Dann schauten wir uns eine Reportage über Wolfgang Dirks an - jenen Herrn, der fünf Jahre lang tot in seiner Wohnung lag. Etwas, das der Mireille vielleicht auch einmal passieren könnte? Doch so entsetzlich, wie es allgemein empfunden wird, fand ich das gar nicht. Man stirbt doch am liebsten leis und unbemerkt daheim. Fünf Jahre sind schnell um, und vielleicht waren die Freunde verstimmt, daß der Wolfgang sich schon so lange nicht mehr gemeldet hat. „Er antwortet nicht auf Briefe und geht nicht ans Telefon!" ärgerte man sich.

Auch Herrn Diederich, dem misantropischen Klavierleherer, könne dererlei passieren, bangte Buz.

Nach einer Weile spielte Ming sehr ansprechend auf dem Klavier. Besonders ein letzter Satz einer Beethoven Sonate rührte mich.

Zum Weingenuss las uns Buz noch aus dem Ägyptentagebuch vor. Leider bekam Buz gegen Ende der Lesung einen schweren Husten. Um Opa und Mobbl machten wir uns große Sorgen. Sie sind schon so alt - zusammen bald 200 Jahre - und ganz allein zuhaus. Rehlein hätte am liebsten sofort angerufen, um sich zu beruhigen, daß alles in Ordnung sei – doch nun war's zu spät. Mobbl schlief wahrscheinlich längst, und der Opa, der die Nacht gern zum Tage macht, würde auf dem Weg zum Telefon, wenn er es denn überhaupt hörte, vielleicht über ein Kabel stolpern und sich den Oberschenkelhals brechen, bangte Rehlein äußerst unfroh. Morgen wird der Opa 89 Jahre alt.

Samstag, 21. November

Kalt. Glatteis, zarter Sonnenschein,
sahnig bis zuckrig verschneit

Das Leben im Traum war dermaßen anstrengend, daß ich am Morgen wie dahingebügelt in meinem Bette lag, um alldem fassungslos hinterher zu sinnieren. *Mein Zimmer war so groß und unübersichtlich, und in jedem Winkel mußte irgendetwas uferloses erledigt werden. Beispielsweise hatte sich ein entlaufenes Kätzchen tief in eine Kleidertasche hineingewühlt, doch es - auf dessen Ergreifung 50 Mark ausgelobt waren - ließ sich nicht mehr finden. Ich wühlte und wühlte. Hatte ich es nicht vor wenigen Sekunden eigenäugig mit angesehen, wie das Kätzlein in die Kleidertasche hinabstieg?*

Und außerdem wurde von mir erwartet, daß ich für 14 Personen einen Rehrücken zubereite.

Auf elf Uhr hatten wir eine Probe für Mozarts Klarinettenquintett in Leer vereinbart. Besonders freute ich mich auf den Tee, der uns dort eventuell angeboten würde. Seltsam: Ich freute mich auf den Tee vor, während ich doch beim Tee saß!

Rehlein war bereits in aller Herrgottsfrüh in zwar schöner, so jedoch eisiger Wetterlage für ihre Lieben auf dem Markt gewesen, um Brötchen zu besorgen. Jetzt stimmte ich Rehlein schon mal auf eine Teezeremonie in einem ostfriesischen Haushalt ein, da es für mich immer eine Ärgerlichkeit ist, wenn Rehlein zu angebotenen Herrlichkeiten sagt: „Nein danke! Für mich bitte nicht. Wir sind eigentlich nur zum Proben da!" Rehlein solle unbedingt begeistert „Au ja!" sagen, bat ich.

Schweren Herzens ließen wir Ming und Linda zurück.

In Ilkas Elternhaus in Leer ist der ganze Tag zum Proben draufgegangen, und außerdem war es ein bißchen so, wie ich es schon vorausgefühlt habe: Ein erfüllendes Beieinandersitzen am großen Eßtisch bei Mutti Ahlert, einer schlanken 62-jährigen Dame, die ausschaut wie ein Rebhuhn, so daß es mich nicht weiter wundern würde, wenn sie von ihren Lieben Rebhühnlein genannt würde. Eine Dame, die eine recht gute Wellenlänge zu mir hatte – zumindest in jenem Sinne, daß ich in ihrer Gegenwart ein fast übertrieben anmutendes Plauderbedürfnis bekam. Später wurde dies allerdings durch ihren graumeliert-gescheitelten Ehemann wieder etwas herabgedämpft, so daß ich meine Bluttiefdruck bedingte Lahmheit wieder spürte.

Gleich nachdem wir angekommen waren und einander begrüßt hatten, hat es eine Kaffeestunde mit aufgeschäumtem Kaffee gegeben, und auf dem Tisch stand ein ganz kleiner Ingwerkuchen - zierlich wie für die Puppenstube.

Der niederländische Klarinettenbläser Jan M. war noch nicht erschienen, und ich scherzte auf lose Weise, daß er womöglich eine Abkürzung über einen gefrorenen See genommen, und vor Freude über diesen Trick einen zu heißen Reifen gefahren ist?

Wie bei Cellisten üblich nahm die Ilka auch alsbald das Probenzepter in die Hand und unterbrach alle naslang, um eine wichtige Anmerkung zu machen. Rehlein zeigte jedoch die Neigung, das „dumme Ding" neben sich öfters mal in die Schranken zu weisen: Buz spielt so rührend, daß einem die Tränen in die Augen steigen wollen, und dann heißt es cellistisch spröde: „Du tendierst da dazu mit den Achteln etwas zu schleppen..." Natürlich sollte man froh und dankbar sein, daß nicht die Dolores da sitzt, aber auch die Ilka zeigte jene Neigung, ein unbequemes Ohr auf das Spiel der anderen zu werfen und dann mit läppischen Vorschlägen aufzuwarten, die - ähnelnd den Worten der Berliner Oper, über die Hitler Unterschrift eines Gerd Reinke - dem Geist Rehleins diametral entgegenlaufen. Buz wiederum hat die Neigung, Rehlein der „Vielschwätzerei" zu verdächtigen, und weil er Rehlein so liebt, als sei es seine alles verzeihende Mutter, klappt er manchmal den Mund symbolisch auf und zu, um Rehlein zu verstehen zu geben, daß sie ihm deutlich zu viel redet. „Aber dafür höre ja ich *nur* auf meine süße Mama!" flüsterte ich Rehlein ins Ohr. Rehleins Wort ist für mich uberall und ausnahmslos das Evangelium.

Zum Mittagessen wurde eine köstlich durftende, wunderschön anzusehene, bunte und dampfende Gemüsesuppe aufgetragen, und hernach gab es Himbeeren in Dickmelk. Lieblingsnachspeise des

Fräulein Tochter. „Hm! Mama du bist die Beste!" sagte die Ilka warm. Buz redete wie der Vaitl Ferdinand im Film „Kehraus", und brüstete sich damit, *wie* billig unsere CD gepresst worden sei.

Die Ilka erzählte von den fensterlosen Übzellen der Musikhochschule in Köln, wo sie derzeit studiert. An die Wand habe jemand häßlich geschrieben: „Fick dich, du Arsch!" und beim Celloüben muß die Ilka immer auf diese Schmähung draufblicken. Herr Ahlert ist ein wenig verliebt in seine Tochter und mag es nicht so, wenn sie Worte dieser Art überhaupt in den Mund nimmt.

Nach dem Essen sind wir ein wenig spazieren gegangen. Ich litt leicht unter Zipperlein in jenem Sinne, daß mir die Kälte vielleicht in die Glieder gefahren ist, denn nun schmerzte mich der rechte Arm süßlich. Rehlein riet zu einem Schmorbad am Abend.

Wie bei Musikern so üblich, zerklüftete sich unsere Gruppe in zwei Parteien. Ich lief neben Rehlein her, und vorneweg die drei anderen. Jan und Ilka fühlen sich womöglich magnetisch zueinander hingezogen, und als wir dann zur Dämmerstund am Teetisch saßen, waren die beiden verschwunden.

„Sie haben sich verliebt!" sagte ich überraschend zu Mutti Ahlert, und brachte die Sprache auf jenen Tag, an dem man morgens aufwacht und sich nichts dabei denkt. Und doch ist man in jenen Tag erwacht, an dem einem die Liebe begegnet. Für dic Eheleute Ahlert sind diese aufregenden Zeiten lang vorbei, doch für das Fräulein Tochter?

Es gab einen unerhört appetitlichen, fein duftenden Apfelkuchen mit gerösteten Mandelspänen und einem Sahneschwapp, ferner köstliche selbstgebackene Plätzchen mit einer Nuß in der Mitte.

Als die Probe endlich um war, hatte die Dunkelheit den Tagesrest bereits fest umhüllt. Guter Dinge fuhren wir heim.

Am Abend habe ich Buz und Linda noch große Teile der d-moll Partita vorgetragen, und Buz durfte dazu dirigieren. Das was wohl kein professioneller ausgereifter Geiger dulden würde, macht mir so viel Freude: So zu spielen, wie es ein anderer hören will. Man fühlt sich als Einmann-Orchester mit einem grandiosen Dirigenten am Pult.

Hernach fuhren alle zu einer Vernissage, wo Ming Klavier spielen wollte. Ich aber blieb daheim.

Sonntag, 22. November

Verzuckert und doch so schön sonnig und schön.
Minusgrade, Glatteis

Tief in der Nacht war meine Familie von der Vernissage in Wiesens noch immer nicht zurückgekehrt. Ein jäher Schlummer hatte mich ins Nichts hinabgesogen, doch nun war ich daraus wieder emporgeschreckt. Es war schrecklich still im Haus.

Schließlich schlich ich mich bedrückt ins Bett, träumte jedoch unerhört packend: Zum Beispiel, daß *ich nun ein Schauspielstudium begonnen hatte. Für den ersten Abend als Studentin hatte ich ein ganzes Traktätchen mit Sprüchen und Gedichten auswendig gelernt. Die wollte ich vor erlesenem Publikum vortragen, doch die Auricher Stadthalle war überraschenderweise seitenverkehrt auf die andere Straßenseite hintransplantiert worden. Da dies den Leuten unheimlich war, kam niemand zu meinem Vortrag. Aber als ich die Stadthalle unverrichteter Dinge wieder verlassen wollte, zwirbelte sich der letzte Jünger vom Yossi, der Schwabe Christian Link durch die Drehtüre ins Foyer. Der einzige Gast hatte sich verspätet, weil ihm die Straßenbahn vor der Nase hinweggefahren war.*

Am nächsten Abend hatte ich die ganzen Gedichte wieder vergessen, da sie nur kurz im Kurzzeitgedächtnis staken. Ich hatte nicht die Kraft, sie wieder aufzufrischen, auch wenn es hieß, heut sei die Stadthalle ganz voll. Kurz vor meinem Auftritt sah ich jedoch, daß fast alle Leute gegangen waren, da sie sich, dem Herdentriebe folgend, fast alle spontan umbesonnen hatten. Die wenigen Verbliebenen versuchte ich im Stile von Jörg Kachelmann mit ein paar launige Worten angemessen zu unterhalten.

Dann reiste ich in die Schweiz und brach zu einer langen Wanderung auf Pfaden in moosigem Grün auf. Einmal mopste ich einen Glockenapfel von einem üppig tragenden Baum am Wegesrand, und wenig später sprach mich ein sehr freundlicher mobiler Ordnungsbeamter darauf an. Er wollte wissen, wo ich diesen Apfel gepflückt habe. Richtig! In der Schweiz herrschten strenge Gesetze. Dies hatte ich vergessen. „Er stammt von barmherziger Hand. Ein altes Mütterlein hat ihn mir gereicht!" sagte ich rasch, da ich mich grad noch erinnerte, daß Apfeldiebe in der Schweiz erschossen werden. Wir gerieten ins Plaudern, und der Herr erzählte, daß er nebenamtlich ein Caféhaus betreibe. „Da vorn am Hang!" Er fuhr den Arm in seiner Gänze aus, um mir den Weg zu weisen. Der Kuchen dort sei sehr gut, aber auch ziemlich teuer – zwölf Franken das Stück.

Ich wanderte weiter und traf zur Dämmerstund in einer sehr hübschen Stadt ein. Auf dem Marktplatz stand eine Kirche mit Zwiebeltürmchen. Ein malerischer Anblick, sag ich Euch!

Ich rechnete mir aus, daß ich auf dem Heimweg in finsterste Dunkelheit geraten würde, und so bestieg ich kurzerhand einen Zug Richtung Husum und setzte mich im Abteil unter eine Leselampe, bloß, daß ich leider gar nichts zu lesen dabei hatte...

Heut mußten wir wegen unserer kleinen Ein-Tages-Tournee in die Niederlande reisen. Das frühe Erhöbnis tat uns jedoch gut. Rehlein schmierte in der Küche bereits emsig Käsebrote für die Reise, doch ausgerechnet die haben wir dann daheim liegen lassen.

Zum Frühstück lief eine Aufnahme vom Ravel-Septett im „Musikalischen Sommer", und Buz erzählte plastisch, wie es wohl weiter gegangen wäre, wenn er das dumme Geschwätz in den Proben nicht zeitig unterbunden hätte. Der Axel würde jetzt noch irgendetwas Ungreifbares vom „Tempogezerre" faseln.

Hernach hörten wir unser Beethoven Septett und über eine Stelle im zweiten Satz sagte Rehlein gönnerhaft über mein Spiel: „Klang das eben nicht ein wenig kindlich?" Die Worte trafen mich wie ein Pfeil mitten ins Herz, und ich machte auch gar keinen Hehl daraus, wie weh mir das getan habe.

„Armer Schatz!" sagte Ming zärtlich, wenn auch nicht gänzlich ohne verarschenden Beiklang. „Hoffentlich hast du jetzt keinen bleibenden Schaden davongetragen!"

Von ihrer Erbmasse her dürfte Rehlein drauf konditioniert sein, von früh bis spät ständig mit der Tochter zu streiten. Nur bei mir funktioniert es nicht, da ich Rehlein für mich zu einer Heiligen erklärt habe.

Dann erinnerten wir uns an unseren Traumurlaub in Kurohime, der schönsten Stelle von ganz Japan. Einem Winterkurort der so schön ist, daß sich viele Japaner dort das Leben nehmen, weil sie der Meinung sind, schöner könne es nicht mehr werden, und hier wollen sie jung sterben.

Wir fuhren nach Leer und pickten die Ilka auf. Ich fand´s plötzlich so amüsierlich, daß ich meinen Vater mit der größten Selbstverständlichkeit und vor aller Ohren immer „Schatz!" nenne.

Heut spielten wir zwei Konzerte in zwei holländischen Orten, die beide mit B anhoben. Doch die genauen Namen sind mir leider entfallen, so daß ich mich in meiner Biographie nicht mehr damit brüsten könnte, dort debütiert zu haben.

Die Holländer verstehen sich darauf Kunst und Gemütlichkeit in Einklang zu bringen. „Lecker Muziek".

Das erste Kaffeekonzert fand um zwölf Uhr in einer lichten Kirche statt. Das einzig Anstrengende an solchen Konzerten ist es, sich aus dem warmen Auto heraus in den zwar von der Sonne beschienenen, so doch klirrenden Frost hinaus zu begeben.

Die eine Kirche hatte lauter unterirdische Labyrinthe, so daß ich mich direkt gefühlt habe wie in einem meiner Träume. Ich hatte ohnehin beschlossen, das Leben ein bißchen wie einen Traum zu nehmen, weil man in diesem Falle auch viel besser mit der schubbernden Kälte klar käme. (Ist ja nur ein Traum!)

Das erste Konzert habe ich gleich mit meiner d-moll Partita einleiten müssen. Ich bemühte mich, so ausdrucksvoll zu spielen, wie die Callas singt.

Im anschließenden Klarinettenquintett war Jan M. tierisch nervös. Ihm troff der Schweiß, und wenn die Klarinette mal kurz zu schweigen hatte, gab er schmatzende und fürzelnde Lippenbefeuchtungsgeräusche von sich, die direkt ein wenig unappetitlich klangen.

Hernach saßen wir in einem gepflegten und doch irgendwie dunkel wirkenden Caféhaus, wo man sich in watteweiche Sitznischen fläzen konnte. Aus einem Lautsprecher tönte Beethovens G-Dur Romanze.

Das Käsebrot, das wir uns bestellten, sah seltsam aus: Ein ganz besonders bleiches, fast käseweißes Weißbrot mit ebenfalls sehr bleichem, aber auch leicht vergilbtem eingetrocknetem Käs, und dazwischengeklemmt seltsame Beilagen: Kumquats, Kraut und Alfalfa. (Küchenabfälle)

Dann mußten wir uns aber auch schon auf das nächste Konzert nach Brede sputen. (Heissa, jetzt ist mir der Name ja doch wieder eingefallen!)

Die Ilka fuhr mit dem Jan in seinem leicht verfurzten Auto mit, und meine Eltern frugen sich interessiert, ob sich zwischen den beiden wohl etwas anbahnt? Manchmal mußten wir direkt ein wenig drum bangen, ob der vorausfahrende Jan uns eventuell abhängt, weil er stets so geistesabwesend bei gelb über die Ampeln peste, während wir dann dazu verdammt waren, bei rot stehenzubleiben, und doch gar nicht wußten, wo es lang geht. Die Zeit rann, und nun wurde es bedenklich spät. In fünf Minuten sollte das Konzert beginnen, und nun hatte sich der Jan auch noch verfahren. Er stoppte abrupt, und griff sich mit schelmisch-zerknirschter Miene den Atlas, um sich in einer Art und Weise hinein-zuversenken, wie einst die Dame Gerlind in die Partitur - nicht so recht wissend, wo draufzuschauen sei.

Diesmal handelte es sich um eine ganz kleine und zarte Kirche, die allerdings zum Überquellen voll war.

Unsere Verspätung schien niemanden zu genieren. Man aß Kuchen und zerstreute sich beim Warten auf die Musikanten anderweitig. Mit Köffern und Notenständern stürmten wir in familiärer Atmosphäre die Kirche. Doch schon tat sich ein neues Problem auf: Wo sollte man sich umziehen?

Auf einem winzigen Flächenquadrat hinter der Treppe mußte ich mich äußerst geschickt von der Alltagskluft ins Konzertkleid hineinmühen.

Auf der Bühne wiederum musste noch umständlich herumgestimmt werden, da die Instrumente im Auto so kalt geworden waren.

Sehr bewegend geriet das Werk von Puccini, das der süße Buz so schön zu spielen pflegt, wie kein Zweiter auf dieser Welt.

Beim Klarinettenquintett saß ich in einem dunklen Winkel, einem Fräulein am Spinnrad nicht unähnelnd.

Nach dem Konzert freuten wir uns auf den versprochenen „lecker Kuchen". (In den Niederlanden gilt alles, was halbwegs in Ordnung ist als „lecker". Zeigt sich ein bißchen Sonne, so ruft man aus: „Ein lecker Wetter!")

Rehlein war wieder so aufmerksam und eilte extra wegen mir, dem verduftenden Teekessel auf dem Weg in die Küche hinterher. Der Tee war so köstlich und bekömmlich, und hinzu gab´s ein Stück Walnußkuchen mit einer großen kandierten Walnuß geschmückt. Genüsslich verspeiste ich die kleinen Kostbarkeiten in der Kirchenbank. Wenn auch das Leben „währenddessen" vielleicht sehr anstrengend ist - solche Momente machen es lebenswert.

Kleine Skizze aus dem Erlebten: Jan M. probierte sein neues Tonbändchen aus, stieg dazu auf die Kanzel und schaute aus wie ein listiger Geistlicher.

Doch dann erlebten wir eine Überraschung: Der Geistliche selber war nämlich ein Mohr. Einmal schmiegte ich mich an die Heizung und genoss die Bulleröfchenatmosphäre. Dazu schaute ich mir die großen Kirchenfenster an, durch die mittlerweile schon wieder die Schwärze der Nacht hereinflutete und sich so schön mit den flackernden Kerzen im geschmückten Kirchenraum verband. Man spürte den Grundgedanken: Wenn man dem lieben Gott huldigen will, so sollte nicht gespart werden.

Im Auto wiederum schmiegte ich mich an Rehlein; Mich dabei fühlend wie ein Baby mit warmen dicken Wangen, das ganz entspannt auf dem Rücken seiner Mutti schlummert. Unterwegse gab´s wie in einem Entführungsfall einen Menschenaustausch: Wir bekamen die Ilka zurück, da Jan M. nun offenbar doch keine Motivation mehr verspürte, sie mit nach Hause zu nehmen und zu vernaschen. Und dabei hatte ich mich zuvor noch gefragt, ob die Ilka womöglich bockig wie ein Backfisch reagiert, wenn ich sagen würde: „Jetzt möchte aber *ich* mit dem Jan mitfahren. Mit meinen Eltern habe ich mich verzofft. Es sind Worte gefallen, die eine Versöhnung ausschließen!"

Stattdessen besuchten wir Ilkas Eltern zu einem wirklich behaglichen Punschstündchen im herrlich gedeckten Sitzeck ihrer gemütlichen Wohnstube.

Kaum hatte ich den Punsch getrunken, da wurde ich bereits über Gebühr lustig. Ich erzählte vom König Drosselbart, und regte an, daß Buz nachher zu Herrn Baier sagen könnte: „Sie haben so schön auf dem Violoncello gespielt, daß ich Ihnen meine Tochter zur Frau geben möchte."

Frau Ahlert ist eine so wundervolle Hausfrau, daß sie uns allen auch noch ein Mon chérie anbot! Ein Gefühl, als wolle einem jemand durch die Blume sagen: „Darf ich Sie Schatz nennen?"

Etwas müde, aber glücklich nach einem sehr erfreulich verlaufenen 62. Geburtstag, saß der schweinderlfarbene und gemütliche Herr Ahlerts im Sessel und legte den Arm um seine hübsche Tochter, auf die er so stolz ist.

Und Rehlein war im Auto auch so stolz auf mich, weil ich so unterhaltsam war.

Zum Lindalein daheim mußte ich gleich nach der Begrüßung sagen: „Jetzt müssen wir leider schon wieder aneinander vorbeileben!", weil wir doch zum Konzert von Herrn Baier wollten, um ihm unsere frisch erspielten Sträußlein zu überbringen. Buz und ich fuhren zum Konzert in die Lambertikirche.

„Die Zwillinge sind da!" zischte uns Pastor Rübel strahlend ins Ohr. So wie einst der Opa, ist nun auch er Zwopa geworden, und kriegte sich kaum ein vor lauter Freude.

Ich brachte dem jungen Cellisten ein Sträußlein und Buz hat sich so rührend darüber gefreut, wie seinerzeit der Opa beim Konzert in Taiwan, als ich als kleines Kind in der 𝕶onzertpause auf der 𝕿rommel spielte und mich zum tosenden 𝕬pplaus des amüsierten 𝕻ublikums verbeugt habe.

Abends telefonierte Buz mit dem Onkel Eberhard, und erfuhr zu seiner großen Freude, daß Onkel Eberhards trübes Leben nun doch noch von einem warmen Sonnenstrahl erhellt wurde: Seine Adoptivkinder haben den Kontakt zu ihm aufgenommen und seien sehr nett.

Montag, 23. November

Auf angenehme Weise matt getönt.
Rosige Wölkchen am Himmelszelt

Zwei Episoden aus meinem Traum: *Wie einst das junge Rehlein lag ich gemütlich auf einem Tuch in unserem großen Garten, bestrebt, mich bei einem guten Buch zu entspannen, als eine Nachbarin mit leicht säuerlicher Stimme quer über den Zaun rief: „Kennen Sie eine Frau Hazel xxxx(vergessen?)*

„Wie heißt sie?" hakte ich nach, obwohl ich hier niemanden kannte, und eigentlich gleich hätte Nein sagen müssen. Doch der Name schien mir tatsächlich nicht ganz unbekannt, und mir schwante schon, daß dies eine ganz alte Bekannte aus der „Frau Heidelberg-Ära" vor meiner Geburt war. Eine Uraltbekannte von Opa und Mobbl, die nun tatsächlich mit

einem gebogenen Spazierstock auf der Straße herbeiwackelte
und ganz offensichtlich zu uns wollte.

„Na, Rehlein wird sich bedanken!" dachte ich ergeben, so
wie sich die Nachbarin jetzt „bedankte", daß die alte Frau
irrtümlich bei ihr geschellt und sie aus einem Schlummer
geweckt hatte.

Im Traum *hatte ich eine Gewohnheit angenommen, die*
man theoretisch auch im wahren Leben hätte annehmen
können: Täglich eine Zeile auf dem Klavier auswendig zu
lernen, und so hielt ich in dem Panflötengebläse inne und eilte
die Treppen hinab, um eine weitere Zeile meiner Scarlatti-
Sonate auswendig zu lernen. Doch kaum war ich unten, da
brandete oben Chopins Cello-Sonate auf. Herr Reimer hatte
spontan zum Cello an der Wand gegriffen, und Ming
begleitete ihn auf dem Klavier.

Buz stak wie alle Tage im Duschhäusl, so daß man
sein bleiches Fleisch schimmern sah.

Beim Frühstück wurde die Rede auf Buzens Jünger
Franz geschwenkt. Was wohl aus ihm geworden sei?
Der Franz zog mit seiner kleinen Familie nach
Kärnten, um sich dort ein Leben als Kammer-
musiker und Lehrer aufzubauen. Die kleine Daaje
nimmt jetzt Geigenstunden beim Franz, aber
ansonsten hört man nichts Gutes: Der Franz ist
völlig verarmt und fast immer aushäusig, weil er
einen Posten im Kürscher-Quartett ergattert hat, und
somit ständig proben muß. Das Kürscher-Quartett
will hoch hinaus, doch zahlen tun sie dem Franz für
seine Mühen nichts. Spielt man mal im Gottesdienst
so wird der magere Lohn höchst zweifelhaft

aufgeteilt. Franzens Frau Shing-hua verlässt ihre häßliche und enge kleine Wohnung nie, und kümmert sich den ganzen Tag um ihr kleines Baby, das es einmal besser haben soll, als seine Eltern.

Buz sprach vom traditionellen chinesischen Gesichtsverlust, aber Rehlein findet dererlei abstoßend. „Er setzt sich doch auch auf westliche Toiletten!" sagte sie. Vielleicht hat der Franz vor den Verwandten bereits Seemannsgarn gesponnen und ihnen Geschichten aufgetischt, die zu schön sind, um wahr zu sein? Er lebe in der Postkartenidylle von Kärnten am Ende der Welt, wo es paradiesisch schön sei.

Beim Üben dachte ich an die hübsche Colette, die mich ständig überredet hat, ein Seminar des Professors zu besuchen. Den Professor jedoch überredete sie nie, ein Konzert von mir zu besuchen, da sie davon ausging, ich wüsste gar nicht, was ich da spiele. Bekümmerlich und befremdlich ist auch, daß sie sich bei Buzen nie mehr gemeldet hat.

Mittags mußten Ming und Linda ganz schnell essen, dieweil sie nämlich Schlittschuhlaufen wollten. Und dabei haben wir doch so wenig voneinander! Ich bekam schon einen Schrecken, daß ich nachher auf Hawaii ständig Freizeitaktivitäten mitmachen muß, womöglich in der Gruppe. Aber leider bin ich kein Gruppentypus. (Vom Onkel Otto geerbt, der am liebsten alleine war)

Buz las im „Gong" über eine spezielle Sucht nach, die sehr in Mode gekommen sei: Sich Talkshows anzuschauen. Sie vermitteln einem die wohltuende Assoziation, sich inmitten einer geselligen Runde zu befinden.

Buz, Rehlein und ich schauten die „Lindenstraße": So wie im wahren Leben auch, sind in der Lindenstraße mittlerweile fast alle verarmt. Der alten Frau Kling wurde bereits das Telefon abgedreht, weil ihr Sohn, der Olaf, koi Orbeit fünd...die Berta hat der Lisa heut endlich mal eine schallende Ohrfeige verpasst. Auch für das miterlebende Rehlein eine Art Befreiungsschlag.

Am Nachmittag war ich in einer etwas rutschigen, dafür aber angenehm frischen und wangenrötelnden Wetterlage joggen. Heute machte ich gar die Bekanntschaft eines Ehepaars, das seinen rustikalen Hund spazieren führte. Verbindend sprach man mich darauf an, daß ich renne, und hat meine langjährige und kostbare Freundschaft mit dem Ehepaar Reichmann nicht ebenso begonnen?

Dann war ich mit Rehlein in der Stadt. Aurich ist bereits so schön weihnachtlich geschmückt, und im Schreibwarenladen hätte es so viel Weihnachtliches zu kaufen gegeben, daß man vor Bäumchen den Wald nicht mehr sah, denn ich könnte jetzt eigentlich gar nichts bestimmtes benennen, das ich gesehen haben will.

Ich mußte darüber nachdenken, daß Frau Kettler zwar viel Geld hat, und darüber hinaus auch noch das Glück, daß sie so viel essen darf wie sie will, und trotzdem keinen Gramm zunimmt. Eigentlich müsste sie doch ganz taumelig sein vor Glück, überlegte ich. Sie kauft sich lauter unnötige Sachen, und abends kuschelt sie sich vor dem Kamin zurecht und nascht Kartoffelchips. Das einzig Jammervolle in ihrem Leben ist, daß daheim niemand auf sie wartet. Ihre greise Mutti (Jahrgang 1902) ist bereits im Altersheim, und die Besuche dort sind stets deprimierend. Man posaunt der alten Frau irgend-welche Banalitäten ins Ohr („Gehts dir gut, Mutti?"), und sie versteht kein Wort, und vergisst es auch gleich wieder, so daß man ganz mürbe davon wird. In den Rollstühlen sitzen welke Rüben wie aus einer Rübezahlgeschichte. Gestern noch den Frühling des Lebens verkörpernd, und heut nur noch mit feinstem Spinnweb ans irdische Dasein geknüpft. Und doch sind diese Spinnweben zuweilen wider-standsfähig wie Kruppstahl.

Daheim hat mich der Papa beim Türe aufschließen auf geistesabwesende Art gar nicht angeschaut, und dabei habe ich extra so nett gelächelt. Er stak jedoch soeben mit der Linda in einer Diskussion über Mings Klavierspiel.

Ich malte mir aus, wie es wohl wäre, wenn *Ming für sich und den Roman ein Konzert arrangiert. Dann sagt er: „Es gibt zwar nur 500 Mark für uns beide zusammen, aber ich finde, das reicht. Sooo toll spielen wir auch nicht."*

Am Abend hatten wir einen Gast: Den Arthur, zu dem sich wenig später auch noch Herr Berke gesellte. Er saß bei uns, wie Brahms vor 120 Jahren bei den Schumanns herumgesessen war.

Wir spielten „Heiteres Blutdruckraten"; ein lustiges Spiel, das wir zuweilen mit Opa und Mobbl veranstalten, wenn die Senioren ihren Blutdruck messen wollen, damit man das teure Blutdruckmessgerät nicht umsonst angeschafft hat.

Herr Berke brannte darauf, seine überdimensionalen Kanada-Bilder - fast könnte man sie ihrer Größe wegen als Bildlappen bezeichnen - vorzuführen. Ich habe die größte Angst, daß Rehlein später nach Amerika auswandert, und redete verzweifelt auf sie ein, daß sie daheim bleiben solle. „Du findest in der Ferne kein zweites Heimatland!" sprach ich wie einst Ludwig Thomas Tante Theres in Bayern, die einmal leis und doch laut genug, auf daß man es auch hören möge, gemurmelt habe: „Bleibe im Lande und nähre dich redlich!"

„Ich will auch immer artig sein!" versprach ich wie ein kleines Kind, während Herr Berke innerlich darauf brennt, daß Rehlein ihrem Herzen einen Stoß gibt, und ihm ins ferne Kanada folgt.

Dienstag, 24. November

Nach wie vor schneeverkrustet.
Kalt, weißwölkig, mit einem Stich rosa

Als am Morgen der Wecker schrillte, stak ich soeben in einer Traumszene, *worin ich in einem Bus saß. Der Bus hielt sehr lange, und viele Reisende wären gerne ausgestiegen, doch niemand traute sich, einen Anfang zu machen, und den Herdentrieb auszulösen. Schließlich klappte es doch: Ich stieg an Land und bog mich nochmals nach meiner Nebensitzerin um, um ihr durch Blicke zu bedeuten, daß sie mir meinen Platz freihalten möge. Netterweise legte sie extra etwas auf meinen Sitz - allerdings etwas, auf das man sich nicht setzen sollte: Ihre Lesebrille. („Ich hoffe, Sie sind gut versichert!")* doch dann schrillte mich der Wecker raus, und es wäre gar nicht nötig gewesen, mir den Sitz freizuhalten.

Ich saß ein wenig „zwischen den Stühlen": Rehlein möchte nicht, daß ich gar zu früh mit der Überei anfange, und die Linda wiederum möchte von meinen Klängen geweckt werden. Und mir selber wäre es eine Herzensangelegenheit, daß alle wissen, wie früh ich mich erhoben habe.

Beim Üben beharkte ich eine Seite Notengestrüpp im letzte Satz vom Dvořák-Konzert, das vom Komponisten äußerst listig angelegt ist: Seitenweise Notengestrüpp, damit man sich die schönen Stellen umso mehr verdient hat. Dies sagte ich später zu Buz, der in sich versunken am Compter saß. Ich tat´s, weil ich die Neigung habe, zuweilen mitten im Alltag eine künstlerische Bemerkung zu machen. Doch Buz hörte nicht auf mich.

Rehlein hatte so nett „Samba-Erdnuss" zum Frühstück beschafft, da Buz so gerne Erdnüsse ißt, und Samba so gesund sei.

Wir hatten uns in jenen Tag erhoben, an dem Ming um die Mittagsstund herum nach Bonn aufbrechen mußte. Doch zunächst wollten die jungen Leute eine kleine Radtour unternehmen. Die Radtour wurde jedoch *sehr* klein, da dem Lindalein die Radkette hinausgehupft ist. Dann mußte erstmal rumrepariert werden, und wertvolle Zeit ging verloren.

Im Fernsehen wurde ein Film über einen bulligen Straftäter gezeigt, den ich bereits gekannt habe: Sein Sündenregister scheint dem Laien geradezu ungeheuerlich: Bei einem Zahnarztbesuch flüchtete er aus der Psychiatrischen, und verschaffte sich gewaltsam Einlaß in ein ärmliches Haus. Er erschoss den Familienvater, erdrosselte die Schwiegermutter usw... Diese Sünden wurden jedoch noch von einem ukrainischen Straftäter überboten, der 52 Menschen ermordete, und wie ein ganz normaler Bürger ganz normal gerdet hat.

Ming hatte mir gegenüber ein schlechtes Gewissen, und hie und da erkundigte er sich in fahrigem, gespielten Interesse nach den Geschehnissen auf dem Bildschirm, ohne daß die ihm bis in die Bewußtseinsschicht hindurchgedrungen wären.

Ich türmte eine Übstunde auf die Andere: Teils als Beschäftigungstherapie, und teils auch, weil man ja seinen Plan durchhalten möchte.

Ming am ovalen Tisch zählte sein verbliebenes Guthaben in seinem gedörrten kleinen Börsl, und ich lenkte die Rede drauf, daß Ming seinem Patensohn Philipp nun gelegentlich mal den ein- oder anderen Schein zustecken müsse. Dies würde doch wohl von einem guten Patenonkel verlangt, oder?

Mittags gab´s einen bunten Teller mit je einem ganzen Brokkolibusch, und die würzige Tunke, die

Rehlein kunstvoll und raffiniert zubereitet hat, sah ganz rot aus, wie verdünntes Blut.

Rehlein hatte rehleingemäß die größte Sorge, Buz könne in der Art, wie er den Brokkolibusch mit schlappem Gestus an der Gabel zappeln hatte, selbigen in den roten Teich auf dem Teller plumsen lassen, wovon seine schöne weiße Jacke besudelt werden könnte.

Doch Buz scherte sich kaum um die Sorge seiner Frau, und frug Ming stattdessen interessiert nach der Probenarbeit mit Roman und Wenzl Reineke aus, die nun in Bonn auf Ming wartete.

„Die Kika wäre begeistert!" sagte Ming, da die Herren nämlich überhaupt nicht proben. Sie spielen nur durch; ständig klingelt beim ein- oder anderen das Händi, und das Händi habe bei den heutigen Musikern absolute und uneingeschränkte Priorität. Wenzl Reineke, ein Herr Ende dreißig, der etwas beamtenhaft ausschaut, aber ein guter Mensch sei und gut bläst, baut sich gerade ein Haus.

Schweren Herzens mußten wir Ming zur Bushalte-stelle bringen. Viel zu früh trafen wir dort ein, und als Ming in den Bus stieg, blieb einem nicht viel anderes übrig, als schmerzerfüllt zu denken: „Nun muß man ihn loslassen...wie gerne hätte man ihn behalten!" Und wenn man, so wie ich, jeden Tag als ein ganzes Leben ansieht (das Leben einer Eintags-fliege), so muß man sich eingestehen, daß diese Momente solchermaßen ans Herz greifen, als müsse man eigenäugig miterleben, wie der Sarg eines wertvollen Menschen in die Erde hinabgelassen wird.

Ein Röslein, ein paar hilflos gemurmelte Worte, und dieses Kapitel ist unwiderbringlich abgeschlossen...

Eine Freude für uns: Das Lindalein bleibt noch ein paar Tage. Doch eine Freude kommt selten allein: Einmal freute es mich zu sehen, daß Buz und Rehlein sich innig auf den Mund küssten.

Noch bevor der Bus mit dem verschlungenen Ming losprustete, brachte ein Taxi einen weißhaarigen Herrn mit Köfferchen. Atemlos parkte das Taxi am Bordstein, um den Herrn zu Land zu lassen. Der Herr strömte eine Konzertpianistenaura aus wie einst Géza Anda, der hocharrogante Konzertpianist aus der Schweiz. Etwas pennälerhaft machte Buz sich hinter dem Rücken dieses Herrn ein wenig lustig, und meinte spöttisch, er sähe aus wie ein Vertreter! Rehlein ist von diesen wenig reifen Worten etwas ärgerlich geworden und bisgürnelte eine Weile lang an Buzen herum, bis plötzlich ein strahlendes Lächeln des Wiedersehens die Miene des sich in höchster Eile befindlichen Herrn erhellte: „Familie König!" rief er erfreut aus. Wir kannten ihn jedoch noch nicht, da es sich schlicht um einen Sommergast gehandelt hat. Er war jedoch ganz ausgehungert nach Konversation und sein ganzes Leben sprudelte aus ihm empor, und beim erzählen sah man, daß er eine freischwebende Brücke im Oberkiefer hatte, an der Zähne hingen, die um einiges zu weiß waren, um zu überzeugen.

Am Abend spielte ich das Programm für das Konzert in Oberharmersbach einmal auswendig auf Tonband, und hinzu wirklich nicht schlecht.

Dann gab´s ein köstliches Abendessen. Der Genußmensch in Buz lechzte nach einem Film, den er durch Lindas Augen wie neu anschauen wollte. Buz tendierte zu Heinrich dem V. von Shakespeare, doch das Lindalein hat andere Interessen, und so schaute man einen alten Schwarzweißfilm nach Graham Green über einen kleinen Jungen, der sich eine Schlange hielt.

Mittwoch, 25. November

Schneeverkrustet und bleich

Buz ist derzeit an einer gloriosen Idee regelrecht aufgeblüht: Dem Lindalein „Lehrbriefe" über alle Aspekte des Violinspiels zuzumailen - beispielsweise den Lagenwechsel.

Buz verhohnepiepelte meine pädagogischen Bemühungen, indem er nun erzählte, daß der kleine Matthias aus allen Wolken gefallen sei, als er hörte, wie der Lagenwechsel wirklich funktioniere. Ich gab jedoch keine Widerworte, weil es nichts entsetzlicheres gibt, als eine rechthaberisch veranlagte widerborstige Tochter.

Nach dem Frühstück griff Buz sich seine Violine, um so wie alle Tage sein aus vier aneinander gereihten Tönen bestehendes Fingeraufklapp-übungspensum zu absolvieren.

„Wir machen jetzt einen Deal", sagte ich. „Wenn du keine Fingeraufklappübungen mehr machst, so esse ich auch keinen Knoblauch mehr." Doch Buz hörte nicht auf mich, da mit ihm in Bezug auf die Fingeraufklappübungen nicht zu reden ist. Dabei gäbe es so viel daran zu kritisieren, wie er es macht: Beispielsweise seine schlechte Haltung. „Wenn die Schnecke tiefer hängt als die Nasenspitze, so ist dies doch völlig sinnlos!" gab ich mich pädagogisch „wissend". Und hinzu dieses vibrato- und völlig ausdrucksfreie Spiel! Buz war allerdings bekümmert, weil seine Finger einfach nicht mehr so wollen, wie er. Kein Wunder: Sie fühlen sich von ihm mit dieser Arbeit, die er ihnen da aufzwängt, ja auch nicht ernstgenommen, sagte ich.

Ich suchte Buzen die Tarantella von Wienjawski heraus und freute mich, weil ich von der Erkenntnis gepackt wurde, man müsse unserem Familien-oberhaupt einfach nur die richtigen Noten hinstellen; dann wird vielleicht doch noch was draus?

Ich pappte Buzen vier gelbe Zettel an einen anderen Notenständer, weil die Geiger doch immer so furchtbar viel beachten müssen: „Aus dem Bauch heraus!" schrieb ich ein wenig neckisch, da ich mich mit diesen Worten weit aus dem Fenster lehnte, und mich über den Professor Hahmann lustig machte.

Reh- und Lindalein entrümpelten Buzens Zimmer, weil man den neuen Computer doch in einer angemessenen Umgebung einweihen und willkommen heißen wollte.

Mich sandte Rehlein in den Bioladen um Trauernichbrot zu holen.

In dem kleinen Bushäusl in der Fockenbollwerkstraße saß ein Penner und fror. Er tat mir so leid, und ich hätte ihm so gerne eine Decke gebracht. Sogar mit der Idee, ihm eine Flasche Jägermeister zu kaufen, liebäugelte ich. Doch nachher ist´s vielleicht gar kein Penner, sondern bloß ein Herr, der auf den Bus wartet, und wie stehe ich dann da?

Mittags gab´s bei uns Tortellini und Gemüse. Beim Üben hatte ich mich bereits leicht fröstelig und unwohl gefühlt, und die warme Mahlzeit tat mir so gut!

Rehlein erzählte sehr plastisch, wie Mobbl früher gewesen sei: Jahrein-jahraus erhob sie sich morgens um sechs, und wenn die ersten Kinder wach waren, hatte Mobbl bereits ein köstliches Müsli mit gewürfelten Früchten der Saison bereitgestellt und das Vesper gerichtet. Die Söhne haben dies stets mit der größten Selbstverständlichkeit hingenommen, weil sie es eben nicht anders gewöhnt waren. Ansonsten ruhte sich Mobbl, wenn denn der Letzte das Haus verlassen hatte, in stundenlangen Kaffeesitzungen aus, und bloß abends, kurz bevor der Opa aus dem Amt kam, hat Mobbl die Stühle auf den Tisch gebeigt und wild herumgeputzt, damit der Herr Gemahl mal sieht, was Arbeit ist.

Bald darauf gingen wir joggen. D.h., Buz und Linda spazierten, und ich rannte um sie herum, und schnappte dabei immer wieder kleine Partikel von Buzens Weisheiten auf.

„Übernimmst du morgen alle meine Schüler?" frug Buz einmal, als ich an ihm vorbeihoppelte. „Aber ja!-gern!", versuchte ich mich selber in Schwingung zu versetzen, und für den Moment funktionierte es auch ganz gut, da mir der morgige Tag noch so weit entfernt schien. Ganz bewußt verzichtete ich somit auf die unter jungen Leuten üblichen Nölereien, wenn etwas Unliebsames ins Haus steht.

Etwas senioril erkundigte sich Buz nach meinem geplanten Konzert in Oberharmersbach. „Ist es auch wieder ein Altersheim?" spielte er etwas frech auf meine üblichen Tätigkeiten an.

„Wenn du mal alt bist und im Altersheim sitzst, dann freust du dich gewiss auch, wenn mal Musikanten kommen!" sagte wiederum ich. Und doch findet das Konzert in Oberharmersbach nicht in einem Altersheim, sondern in einem Nobellokal statt.

Dann verlor ich mich in einem leichten Lustigkeitsrausch darüber, wie unser Pabba, wenn er dereinst 94 ist, mit den jungen Musikanten, die ins Altersheim gekommen sind, um die Senioren mit ihrer Musik zu erfreuen, reden wird: „Mei Frau hat Viola g´spüit!" sagt er, und tippt die Leute beim Reden an, damit sie besser hinhören sollen.

Ich redete wie ein Wasserfall. So, als sei ich völlig ausgehungert nach Konversation. Ich erzählte von meiner Studentenzeit, als das Leben noch ein buntes Abenteuer war, und wie ich immer traurig wurde, wenn schon wieder Semesterferien herrschten. Zwar hat die Freude auf Rehlein die Wehmut weitestgehend übertüncht, und doch hätte ich meinen Lehrern am liebsten eine Postkarte im Stile von Rehleins kleiner Schülerin Nina geschickt: *Lieber Herr Bloser! Ich hoffe, Sie sind nicht traurig, daß es Ferien sind. Aber wir sehen uns ja im nächsten Semester wieder!* Dann wiederum erzählte ich, wie entsetzt Herr Bloser von Anne-Sophie Mutters Wortwahl war: Eine Stelle im Tschaikowsky-Konzert nannte sie „Gulasch". („Wenn ich da meinen Gulasch spiele!") Ich aber fand, daß es kaum eine bessere Bezeichnung für diese Stelle gibt.

Wir überlegten ein bißchen, ob es wohl eine Beleidigung sei, wenn man zu einem Menschen sagt: „Sie reden Gulasch!"

Am Nachmittag besuchte ich den Coiffeur, da sich meine Frisur seniorinnen- und unvorteilhaft aussehend aufgeplustert hatte. Ich gefiel mir nicht mehr! Auf dem Weg zum Carolinenhof wurde ich jedoch von Bedenken geplagt, daß vielleicht ein unbeholfenes Lehrmädchen an meinem Krönchen auf dem Haupt herumschnippelt, und ich hernach hässlicher bin denn je?

Auf mich wartete jedoch eine liebe mütterliche blonde Fee in dem gänzlich ausgeaperten Frisiersalon, und obwohl ich beim Schurvorgang in der

BUNTEN las, löste die freundliche Frau einen gewissen Plauderschwung in mir aus. Ich sprach davon, daß die Frisöre doch im Grunde ein ganzes Stadtbild mitprägen.

Als ich mit einer neuen Frisur bestülpt wieder in unser Grundstück einbog, brannte in Buzens Zimmer ein heimeliges Licht, das mir den Weg zu weisen schien. Vor dem neuen Computer saß das Lindalein, und arbeitete mit großem Ernst an etwas Wichtigem.

Ich schrieb einen Brief an meine Großtante Ruth zum Geburtstag, und schaute hernach einen Film über Helen Vita an: Ein sogenanntes „Berliner Urvieh", in dessen Aura mich immer ein Grausen packt, denn Helen Vita mit ihrem tarantelleichten Hündchen lebte eine Weile lang in der Wohnung unter mir in meinem hässlichen Trossinger Mietshaus aus den sechziger Jahren. Sie erinnert an ein bleiches Schweinchen mit einer putzigen Hündchenfrisur und gefällt sich in der Rolle der Spröden, Trockenen....kurzum eine Frau, die man nicht als Mutter haben möchte.

Bei Dunkelheit promenierten Lindalein und ich noch zum Briefkasten, um den Brief an die Tante Ruth aufzugeben. Vor unserem Haus ist es sehr glatt, da die Regenrinne leckt, und dabei hatte Rehlein erst vor kurzem die teuren Handwerksburschen da gehabt.

Beim Abendessen ging´s primär darum, daß Buz „das mit den LC-Nummern"(?) machen müsse, doch Buz weigerte sich störrisch wie ein Esel, und versuchte stattdessen, uns weißzumachen, daß dies doch keine große Sache sei! „Ja eben!" sagte Rehlein. So stand Störrischkeit gegen Störrischkeit.

„Der Pabba hat doch ziemliche Pascha-Allüren", sagte Rehlein enttäuscht. "Nicht mal eine Tasse trägt er mal hinaus!" Stattdessen versuchte Buz verzweifelt an seine alte Form auf der Geige anzuknüpfen, als es in seinem Spiel noch um olympisches Gold ging .

Zu seinen Fingeraufklappungsübungen rief ich aus: „Ich will diese Übungen in meinem Haus nicht mehr hören!"

Die Linda lernte heute die erste Zeile von der Kreutzer-Sonate auswendig. Die erste Zeile sei ja die schwierigste, und wenn sie es weiterhin so eisern betreibt, so kann sie an Friedels Geburtstag im Februar bereits den ganzen ersten Satz auswendig.

Donnerstag, 26. November

Verschneit, nieselnd und bleich

Im Morgengrauen schrieb ich einen Brief an die Herbergersche Haushälterin „Frau Hopf".

Eine Dame, die man mit den Jahren liebgewonnen hatte. Ich beschrieb ihr die Situation bei uns in den frühen Morgenstunden: Die Schwärze der Nacht, die durchs behaglich erleuchtete Fenster hereinflutete bzw. eben nicht hereinflutete, denn man sieht sie ja nur als geballtes Ganzes *vor* dem Fenster. „Schreibe ich schon wie eine junge Pastorin, die auf etwas Bestimmtes hinaus will?" schrieb ich schelmisch.

Um acht Uhr begann ich mit meiner Arbeit an der Violine: Mitten in dem Dvořákschen Gestrüpp mit dem sich die Geiger so abplagen müssen, befindet sich ein so wunderschönes jüdisches Lied. Die süße Linda saß im Schaukelstuhl und lauschte meinen Bemühungen, während sie selber heut von rechtswegen die zweite Zeile von der Kreutzer-Sonate hätte auswendig lernen müssen. Bloß konnte die Linda die erste Zeile noch immer nicht zu ihrer Zufriedenheit. Bis sie die Hürdeleien der Akkorde hinter sich gebracht hätt, wäre der Pianist bereits über alle Berge. So schlug ich vor, daß sie die Sonate ab Zeile zwei lernt, um am Schluß die erste Zeile, wie einen Deckel oben draufzusetzen.

Beim Frühstück erzählte ich von Ilsleins lang verstorbener Schwester Margot, die an Alzheimer gelitten habe. Und ausgerechnet die Margot war Opas Lieblingskusine, während er das Ilslein stets als ein wenig besenborstelig empfunden hatte. Als schüchterner, netter Frau war der Margot das schlechte Gedächtnis schrecklich peinlich. Und ich sah es noch vor mir:

Mobbl hatte die Teetafel so liebevoll gedeckt. Es gab einen Puderzucker bestäubten Gugelhupf, und man freute sich über Opas Kusinen, die zu Besuch gekommen waren. Die Margot war aus dem fernen Schwabenland herbeigereist.

„Na, gefällt es Dir bei Deinem Schwesterlein?" frug Mobbl so nett. Aber die Margot brach in Tränen aus, weil sie vergessen hatte, wer ihre Schwester war.

„Wer ist meine Schwester?" frug sie, und alle waren bestürzt.

Buz war sehr stolz auf sich, weil die gestern so ausführlich bekakelte LC-Geschichte, ganze zwanzig Sekunden in Anspruch genommen hatte. Von der Freude, etwas bewegt zu haben getragen, telefonierte Buz mit einem Herrn Druschke, um ihm etwas Dampf unter dem Po zu schüren, weil Herr Druschke seine Arbeit (meine CDs herauszubringen), für die er schließlich bezahlt wird, äußerst lose anzugehen pflegt. Ich stellte mir genüsslich vor, wie das Frühstück bei denen wohl abläuft: *„Hast du denn endlich mal die Sache für den Herrn König in Angriff genommen!" frägt die Frau vorwurfsvoll und mit wissendem Unterton.*

„Kommt Zeit, kommt Rat!"

Mit seinen ewigen Sprüchen bringt Herr Druschke seine Frau regelmäßig zur Weißglut; sie schmeißt mit Küchengeräten herum und wird ganz und gar unleidlich, so daß Herr

*Druschke es schwer bereut, ihr einst das Jawort gegeben zu
haben.*

Buz klang bei diesem Telefonat völlig anders als
sonst: Scharmfrei und leicht arrogant – und sprach
hinzu mit viel zu tiefer Stimme.

Am Vormittag erhielt ich von Buzen eine Lektion
in Mozarts e-moll Sonate. Buz redete so schrecklich
viel. Ich fühlte mich wie der fünfjährige Gerhard,
damals auf der Taufe von seiner kleinen Schwester
Susi, als der Geistliche seine Frömmigkeiten so oft
repetierte, daß sich der Gerhard schließlich zu sagen
genötigt sah: „Das hast du doch schon mal gesagt.
Hälst du uns für blöd, oder wie?"

Und dies, wo Buz Rehlein bei den Proben oftmals
machohaft bedeutet, nicht zu viel zu quatschen.
Einmal barschte ich fast ungeduldig auf, doch dann
freundete ich mich mit Buzens guten Lehren wieder
an. „Ich liebe es, wenn Du dirigierst!" sagte ich
warm.

Rehlein hatte die vormittägliche Quartettprobe mit
mir als Ivo-Ersatz einfach abgesagt, da sie dalton-
syndromsbedingt mit all ihren Vorsätzen so schrecklich hinterherhinkte. Dies stimmte mich froh, nur
um halb eins war ich kurz traurig darüber, da sie
dann nämlich zuende gewesen ware. Ein ganzer Sack
ungarer Schüler lauerte am Nachmittag auf mich, so
daß ich mich schon im Voraus ein wenig relaxieren
mußte. Es gab rotverquastelte Spiralnudeln, die uns
so wohl taten.

Nach dem Mittagessen reisten Linda und Buz ab. Die Linda fühlt sich bei uns so wohl, wie sonst nirgends auf der Welt, erzählte sie. Buz hatte sich erboten, mich auf dem Wege in den Süden noch in die Musikschule zu bringen, auch wenn dies mit einem kleinen Umweg verbunden war.

Zum Abschied rang Rehlein kurz an einer Ausrede herum, die wir dem Musikschulleiter Seybold auftischen sollten, falls wir ihn zu sehen bekämen, da Rehlein nämlich der Konferenz ferngeblieben war.

„Sagt einfach: „Sie hatte in der Nacht einen kleinen Schlaganfall!" regte Rehlein auf unbekümmerte Weise an. Doch als Buz abmildernd vorschlug, in diesem Falle zu sagen, man habe gedacht, der Termin sei erst morgen, fünschte Rehlein auf, weil sie keine Halbwahrheiten mag.

Buz wollte dem Musikschulleiter gar nicht begegnen und befand sich zudem in größter Eile, so daß er mich an jener Stelle aussetzte, wo es zur Lambertikirche geht, und ich wiederum in leisem fröstlichen Geniesl die Beine unter den Arm nehmen musste.

Von 14.30 – 17.45 war ich pädagogisch tätig, und weil es mir so lang vorkam, machte ich für jede abgewelkte viertel Stunde einen Abhakungshaken, wie einst die Oma bei ihrer öden Arbeit in Immenhausen, bei der die Zeit plötzlich still zu stehen schien. Was gäbe ich dafür, Sekretärin in einem Anwaltsbüro zu sein, dachte ich sehnsuchtsvoll, und wünschte, ich wäre die Oma vor 49 Jahren, am 26.11.1949 in der noch jungen Bundesrepublik.

Die Schüler im Einzelnen:

Um 14.30 kam die kleine Annemieke. Annemiekes Lieblingsfach in der Schule ist „Sport". Stolz führte sie mir ein paar Kunststücke vor, die ich von Rehlein her bereits gewöhnt bin: Eine Radwende und einen Überschlag.

„Meine Mama geht auch in die Turnstunde und ist dort mit einem gigantischen Abstand die Beste!" prahlte ich, ohne zu wissen, ob dies wohl stimmt, „in ihren Künsten steht sie bereits kurz vor einem Doppelsalto mit ganzer Umdrehung aus dem Stand!" brüstete ich mich. Sogar die Liebe streifte das zirka achtjährige Pflänzlein mit der blonden Schnittlauchfrisur (einer Sekretärinnenfrisur): „...der ist unglücklicherweise in mich verknallt", sagte sie nach Art von der Annelotte über einen „ganz doofen" Jungen in ihrer Klasse.

„Der arme Verliebte!" durchfuhr mich Mitleid für einen Unbekannten. „Wenn er wüsste, wie sie über ihn spricht!" Sie selber liebt einen Anderen. (Merten)

Es folgte (von 15.00 bis 15.30) der etwas mondkalbartige kleine Florian.

„Ach, der Flooorian!" rief ich nett, so als habe ich ihn schon immer gekannt. Die Annemieke hat noch etwas ungezogen oder vielleicht auch nur übermütig auf dem Klavier herumgedroschen, und wahrscheinlich hätte ich sie pädagogisch anbarschen müssen.

„Was machst du denn noch da?!" blaffte schließlich der Florian überraschend scharmfrei wie ein alter Mann. Ich hab's ihm aber nicht übelgenommen, weil ich mir dachte, man übernimmt als Säugling ganz einfach das, was einem vorgelebt wird.

Dann spielte der Knirps stumpfsinnige - der Kritiker würde womöglich schreiben „entpulste" - aneinandergehängte Halbe, und an einer Stelle spielte er gar doppelt so schnell, als notgetan hätte.

Um 15.30 - 16.00 folgte, leicht verspätet, die Sarah, ein törichtes aber sehr nettes junges Mädchen mit glockenhellem Lachen, das so leicht nichts auf die Reihe bringt. Es folgte der Philipp, jener so überaus sympathische 18-jährige, dem ich auf Buzens Geheisch hin Spiccato und Saitenwechsel beibrachte, dicht gefolgt - fast könnte man sagen angeschmiegt - vom Hero (der große Bruder vom kleinen Tino), der, so wie andere vielleicht untherapierbar sind, einfach ununterrichtbar ist. Wenn er am Klavier sitzt und etwas aus dem Sonatinenalbum vorfingert, dann könnte er ebenso über ein Mikroskop gebeugt, oder vor dem Schachbrett sitzen - so konzentriert verrichtet er die Tätigkeit, die er da ausübt. Er blendet seine Umgebung einfach aus, so als sei er der einzige Mensch auf Erden. Und doch, so muß man sagen, kommt der junge Törless, wie Buz ihn in Anbetracht der geballten Torhaftigkeit, die ihm als Lehrer entgegenschlägt, zu nennen pflegt, seit vielen, vielen, vielen Jahren gewissenhaft jeden Donnerstag in die Klavierstunde. Hie und da spielte er eine melancholische Melodie dazwischen.

„Warst du schon mal verliebt?" frug ich unvermittelt, und für eine Pädagogin womöglich auch ungewöhnlich.

„Nö," hieß es unbekümmert. Doch sein kleiner Bruder Tino, der neulich so lange bei mir logiert hat, sei schon seit vier Jahren verliebt, erfuhr ich. Bloß wagt er es nicht, sich zu erklären.

Als dann die rothaarige Vera, ein junges Ding mit ukrainischen Wurzeln kam, verabschiedete sich der Hero und trat seinen Heimweg an.

Bei der Vera konnte ich´s die ganze Zeit nicht fassen, daß ich bald entlassen würde. Ich fühlte mich wie ein Häftling in der letzten Woche vor der Entlassung. Die Freude ist womöglich so überwältigend, daß man am Entlassungstermin selber anbietet, noch eine ganze Woche lang freiwillig einzusitzen, falls man sich im Laufe eines langen Lebens nochmals etwas zu Schulden kommen lassen würde.

Die Vera vibriert schon einigermaßen knospend, und man spürt Buzens pädagogische Handschrift.

Durch die nässende Dunkelheit lief ich über den Weihnachtsmarkt heim zu Rehlein. Rehlein mailte am neuen Computer und war ganz aufgeregt vor Freude. In Rehleins Fantasie bekommt sie ab jetzt gaaaanz viel Post von den Geschwistern, Vettern und Kusinen, Nichten, Neffen und Schwagern, weil es einem nun so besonders leicht gemacht wird, Briefe zu schreiben und aus seinem Leben zu berichten.

Bevor wir „Gabler gegen Gabler" weiterschauten, spielten wir noch Duos von Leclair und Telemann, und Rehlein versteht sich unglaublich gut auf´s Blattspiel, da sie schon seit frühester Jugend in allem sehr fix ist.

Freitag, 27. November

Der Schnee ist zum größten Teil
hinweggeschmolzen,
und dennoch blieb es neblig verhangen

Heute hatte ich beileibe nicht so viel Glück mit meiner Auswendiglernseite wie gestern. Eine schweißtreibende Umgrabungsarbeit wartete auf mich. Volle zwei Stunden hat´s gedauert, bis ich die Seite überhaupt auswendig konnte. (Dvořák Konzert dritter Satz, Seite fünf)

Nach der Übschicht - kurz nach neun -, einem Arbeiter, der beim Graben den Spaten hinschmeißt, bloß weil die Pausenglocke geschrillt hat, nicht unähnelnd, brach ich zu einem Teelichtkauf in die Stadt auf. Tütelich wie der Opa benahm ich mich bei diesem Tripp leider auch: Im Illustriertenshop hatte ich einfach die Familienpackung Klopapier abgestellt und nicht wieder mitgenommen. Ich bemerkte es erst im Videoshop daran, daß ich jetzt praktisch ohne Klopapier lief.

Daheim war das süße Rehlein so bezaubernd, daß man es gar nicht angemessen beschreiben kann.

„Bist du ein süßes Schätzlein!" sagte Rehlein nett.

Zum Frühstück schauten wir sehr interessiert den Fall „Gabler gegen Gabler" weiter. Die eine blonde Richterin finden wir so sympathisch: In ihrem schönen Gesicht spiegelt sich Einfühlsamkeit und eine große mütterliche Wärme. Dem Gabler aber ging der Arsch auf Grundeis, und seine schwarzhaarige, leicht giftig ausschauende Anwältin drohte gar, ihr Mandat niederzulegen.

Dann ist Rehlein in die Stadt aufgebrochen, um *meine* Fahrkarte nach Trossingen abzuholen. Ich schämte mich ein wenig, daß ich meine alte Mama für mich in die Stadt fahren lasse, und band ihr wenigstens ihre verknorzelten Bioschühlein zu.

„Wie eine geistig Behinderte bin ich grad mal gut genug, um Teelichter und Klopapier zu besorgen!" dachte ich noch.

Im Stern las ich über Jewgenij Kissin, einen käsigen Pianisten mit autistischen Zügen, der als großes Genie vermarktet wird, und den ich von ganzem Herzen nicht leiden kann.

Mittags aßen Rehlein und ich köstliche rot-verquastelte Spiralnudeln und Leber, wo Rehlein noch so rührend den Käse drübergehobelt hat. Ich erzählte wie teuer die schöne Musik von Ravel und Beethoven erkauft ist, da die Septettproben immer so öd und furchtbar sind. Ich nehme mir immer fest vor, sie nicht öd und furchtbar zu finden, und dann werden sie sogar noch öder und furchtbarer als gedacht.

Zur Dämmerstund - kurz nach vier - hat Rehlein eine adventliche Wachskerze angezündet. Es gab Spekulatiuskekse und Tee, und dazu lief unsere Lieblings-CD mit den Septetten und Rehlein hat sich kaum von den Klängen lösen können, auch wenn es draußen so nordisch zauberisch gedämmert hat, daß der romantische Mensch geradezu magnetisch hinausgezogen wird, während wiederum seine Ohren nicht minder magnetisch bestrebt sind, an der Musik haften zu bleiben.

Schließlich marschierten Rehlein und ich durch´s Pennereck am Ostertor auf die Post. Rehlein ist es gewöhnt, immer in Eile zu sein, und marschierte somit eine Spur schneller als ich.

Ich rechnete mir aus, an welchem Tag im nächsten Jahrtausend ich genau so alt wäre, wie Rehlein heut und kam auf den 1. Juli 2022. Das geplante Treffen mit Mireille und Frau Kettler am 20.6.2020 würde demnach bereits zwei Jahre zurückliegen.

Auf der Post wurde Rehlein plötzlich traurig. Meiner kleinen Mama traten die unzähligen „Minütchen" in den Sinn, die man einfach verwartet. Man steht irgendwo in der Schlange und wartet, statt endlich mit dem viel besungenen Familienleben anzuheben. Wieviele Jahre über die ewige Warterei bereits vergangen sind!

Beim Weiterlaufen durch die weihnachtliche Stadt beschloß ich, ganz lieb zu Rehlein zu sein. Etwas, was sich das junge Rehlein einst bei Mobbln auch immer vorgenommen hat. Wir besuchten den „Holzwurm", einen frisch eröffneten Laden für pädagogisch besonders wertvolle Spielsachen. Die Bedienerin, eine etwas mickrig aussehende, bleiche Asiatin mit völlig verwaschener Aussprache, zeigte leider nur wenig Scharm.

„Sie sieht man ja überall!" rief Rehlein aus, „oder haben Sie eine Zwillingsschwester?" „Ja", sie habe eine Zwillingsschwester, und die sitzt an der Rezeption vom Landratsamt.

Die Meditationsmusik, die im Hintergrund lief, machte mich ganz schwach. Auch ich wurde plötzlich traurig, weil Rehlein beim Anblick der schönen Spielsachen ganz nostalgisch geworden ist. Leider hat Rehlein kein Enkelchen, dem sie so etwas Schönes kaufen könnte. „Was nützt einem alles Gold und Geld der Welt, wenn man kein Enkelchen hat!" dachte ich für Rehlein betrübt. Stattdessen kauften wir ein kleines Geschenk für die einsame Mireille in Frankfurt: Ein Puppengebilde, holzgeschnitzt und farbenfroh gekleidet, das man an einem Seil hin und herschwenken kann. Als wir wieder auf die Straße traten, jammerte ich, daß ich von der Meditationsmusik ganz krank geworden sei, und beim gemeinsamen Sockenkauf bei Silomon mußte ich mich vor Schwäche sogar hinsetzen, wie eine echte Seniorin.

Die hässliche Rumsmusik auf dem Weihnachtsmarkt machte Rehlein ebenfalls traurig.

Hob man den Blick, so zeigte sich das so heimelig erleuchtete Zentralcafé, aus dem soeben eine alte Frau mit einem trippelnden weißen Hündchen mit stupiden Knopfaugen heraustrat. Womöglich muß man als Frauchen ständig Angst haben, das Hündlein könne zertreten werden, weil es so winzig ist, und die Leute sich alle in Eile befanden, und keine Zeit hatten um Obacht zu geben. Ein Hündchen - klein wie das Füßlein einer zierlichen Dame mit Schuhgröße 32.

Plötzlich wurde ich wieder lustig: Ich busselte an meiner kleinen Mama herum und sagte: „Du hast dafür eine Tochter und ein Enkelkind in einem, denn normalerweise sind 36-jährige Töchter wohl kaum noch so infantil wie ich?"

Aus Spaß besuchten wir die Zoohandlung, wo es immer ein wenig strenge müffelt, so daß sich dieser Laden für einen Menschen mit sensibler Nase nicht empfiehlt. Dort lernten wir einen großen roten Papageien kennen, der schon fast vierzig Jahre alt sei. Einmal plusterte er die Flügel furchterregend auf, um einem ganz erstaunten Kleinkind zu bedeuten, wer wohl der Herr im Hause sei, und dann wiederum nagte er an seinen Zehen. Liebeshungrig war er auch, und ließ sich von einer Dame den Nacken kraulen.

Auf dem Heimweg begegneten wir an einer roten Ampel der Teestubendame, die auf mich immer so wirkt, als sei's die Mutti von Buzens Schülerin Michaela Stolz, - da sie nämlich genauso ausschaut (nur in alt natürlich) - und die gleiche bewährte Moppfrisur auf dem Kopf trägt. Sie erzählte uns, daß soeben ein Gedichtband von ihr erschienen sei, und die Gäste so begeistert von ihren Reimereien sind. Mir waren die Textgebilde, die sie in die Tee- und Gebäckkarte hineingedruckt hatte, seinerzeit etwas holprig erschienen, doch vielen Teestubengästen scheinen sie sehr zu imponieren, und so manch einer habe schon drum gebeten, das Gedicht abschreiben zu dürfen.

Man liest Dinge wie:

Willst Du vergessen Deine Sorgen,

dann verschiebe den Besuch bei Gila nicht auf morgen.

(Und die Gila ist sie selber, wie der Name „Gilas Teestube" beweist)

Am Abend wurde das Urteil gegen Ronny R. gefällt: Der Familienvater wandert lebenslänglich in den Knast. Für ihn ist somit ein Alptraum bittre Realität geworden: Es wurde einem ein „Lebenslänglich" aufgebrummt, und noch ist nicht einmal der erste Tag um. Das grünspanige, düstere Gefängnis in Celle, wo er jetzt bis auf weiteres untergebracht wird, hat man auch zu sehen bekommen. Doch eine gewisse Patina hatte es auch, und stellvertretend für Ronni R. kam´s mir gar nicht sooo schlimm vor, den Rest des Lebens dort zu verbringen.

Nun ist der Prozess vorbei. Die Familien verließen das Gerichtsgebäude, gaben noch kleine Interviews. Ja, das Urteil passt. Todesstrafe ist ja abgeschafft, mehr hat man sich nicht erhoffen dürfen.

Ein neues ungewisses Kapitel ist aufgeschlagen: Das lebenslängliche.

Von seinem letzten Bankraub hat der Ronny noch ein paar tausend Mark übrig, die die Beamten weder gesucht noch entdeckt hatten. Die kann er jetzt im Gefängniskiosk so nach und nach verjubeln. Einmal hatte er sich ganz spontan zu einem Bankraub entschlossen; er zog sich einen Strumpf über den Kopf, fuchtelte mit der Pistole herum und sagte mit Ostakzent: „Gäbben Gjeld! Sonst ich maaachen

Kapuutt!" Und in der Zeitung stand hernach: Der Mann sprach mit osteuropäischem Akzent.

Rehlein und ich musizierten noch fast eine ganze Stunde lang Leclair-Duos, und es hat eine solche Freude gemacht!

Morgen muß ich wieder abreisen, und Rehlein und ich vermissten einander jetzt schon so schrecklich.

Samstag, 28. November
Aurich - Frankfurt

Bedeckt.
Nur zwischen Aurich und Emden
schien einmal die Sonne

Das Ravel Septett, das ich am Tage so oft angehört hatte, spielte in meinem Kopf immer weiter, ließ sich nicht mehr abdrehen, und die schöne Musik stimmte mich in der Nacht besonders wehmütig. Hinzu wurden mir ständig traurige Bilder eingespielt: Der gekrümmte Angeklagte auf der Anklagebank, der jetzt auf immer in eine grünspanige Zelle gesperrt wird, und heut seinen ersten lebenslänglichen Tag absitzt.

Unmerklich gingen die Bilder in einen Traum *über:* *Ich lebte in einem fremden Haus mit einer blankpolierten Glastüre. Über der Glastüre schwebte ganz sachte ein fast durchsichtiger weißer Vorhang, und abends konnte man sehen, daß ein paar Gestalten, die wie Geister ausschauten, klopften. Allesamt hatten sie keinen Kopf: Sie endeten nach dem Mantelkragen, und außerdem schauten sie aus, als sei an ihnen herumradiert worden, so daß sie nicht mehr zur Gänze zu sehen waren. Schließlich siegte meine Neugier, und ich öffnete die Tür. Es handelte sich um eine Gruppe von Zigeunern, die mir etwas vorsingen wollten. Ein schnippisch wirkendes junges Mädchen, das ich zuvor gar nicht bemerkt hatte, stand auch dabei. Höhnisch erzählte es, daß man von einem geizigen alten Mann nur drei Mark bekommen habe. Also einigten wir uns auf fünf Mark für die Gesänge.*

„Pro Person!" rief das Mädchen ganz entgeistert, als ich einen Fünfmarkschein hinausreichte.

Daß Menschen ohne Kopf sangen, kam mir im Traum nicht weiter spanisch vor.

Dann wiederum befand ich mich mit Buz auf einer U-Bahn-Plattform. Plötzlich tönte sagenhaft schönes Cellospiel auf. Ein junger Obdachloser mühte sich auf einem Cello ab - und es klang absolut göttlich.

„Vorsicht Hundescheiße!" rief Buz an einer Stelle ganz erschrocken, doch da erwachte ich. Gottlob, bevor ich hineingedappt war. Die große Traurigkeit hielt unvermindert an, da sich nun auch der Abschiedsschmerz hinzugesellt hatte. Um 13.10 sollte es Richtung Frankfurt gehen. Rehlein busselte mich so unglaublich nett wach.

Der Vormittag gehorte ganz der Packerei und Vorbereitung auf die Reise. Meine süße Mama hatte wieder an alles gedacht, und flickte gar mitten im Winter an meinem Badeanzug für Hawaii herum. Unsere Frühstücksgespräche waren von der gegenseitigen Vermissung, die uns bereits im Voraus gepackt hatte, regelrecht durchtränkt. Rehlein schälte mir eine Bioorange nach der anderen, und verwöhnte mich, wie es nur ging.

Die GEMA hatte uns schon wieder einen Erhebungsbogen zugeschickt, da das in seiner Lästigkeit beklagenswerte Fax, mit dem ich mir eine solche Mühe gemacht hatte, durch die Faxerei ganz geschwärzt worden war. Ich fluchte wüst herum, und meine kleine Mama war so besorgt, daß ich mich nicht aufregen solle. Beschämt füllte ich den Wisch später sogar mit einem, durch die Beschämung freigesetzten, frischen Elan aus.

Zur Mittagsstund hat mir Rehlein ein ländergroßes Rumpsteak gebraten. (Groß wie ein Land auf einer großformatigen Landkarte) Ich erzählte ansprechende Hochschulgeschichten: Zum Beispiel von Herrn Bolz, dessen einz´ge verbliebene Freude im Leben es ist, abends in seine warmen Babuschen zu steigen, und sich bei einem Glas Wein zu entspannen. Dann wiederum erzählte ich von Frau Kettler, die sich am Tag vor ihrer Hochzeit das Leben nehmen wollte, und von Herrn Reimer, der früher unentwegt neue Selbstmordversuche startete. Wie oft hat ihn seine Freundin und spätere Ehefrau mit geöffneten Pulsadern in der Badewanne vorgefunden!

Dann mußte auch schon auf´s Taxi gewartet werden. Ein netter junger Friese fuhr uns zum Busbahnhof. Ich sog den Anblick meiner so unendlich süßen und lieben Mama intensivst durch das Busfenster ein, wunk bis zum Anschlag, und als man

Rehlein nicht mehr sehen konnte, wurde ich von einer Woge an Leere überschwappt, die sich kaum ertragen ließ. Ich spürte Tränen aufsteigen, die sich jedoch nicht ins Freie pressen ließen. Der Bus brachte uns Passagiere nach Emden, einer Stadt, die eine deutlich bessere Ausstrahlung hat als Leer. Einmal war die dichte Nebelbank am Himmel sogar kurz verschwunden; auf lieblich kokette Weise zeigte sich die Sonne.

In Emden stieg ich in einen ganz leeren Zug mit roten Lederpolstern, der nach Bremen fuhr. Dort wiederum bestieg ich in einen ebenfalls äußerst ausgeaperten ICE. Die Fahrt verlief so angenehm. Mal schlummerte ich, und dann wiederum aß ich die beiden köstlichen auseinanderklappbaren Schinken-brote, für die Rehlein den Schinken raffinierter Weise kleingeschnitten hatte, damit man ihn beim Abbeißen nicht zur Gänze hervorzöge.

Um 19.38 traf ich inmitten Nachtesschwärze in Frankfurt ein. Ich stieg an Land und schaute mich suchend um. Niemand schien mich abholen zu wollen; doch der Schein trog: Die Mireille befand sich ebenfalls auf dem Bahnhof, und schaute sich ebenfalls suchend nach mir um. Wir schauten uns so lange nacheinander um, bis wir uns sahen.

Leider sei es in Mireilles Wohnung arschkalt, erfuhr ich zu meiner Bestürzung.

Die rührende Mireille hatte bereits eine Bettenburg für mich gebaut, und auf dem Kopfkissen lag gar ein Ferrero-Küsschen.

Wir setzten uns an den Küchentisch, der von einer Hängelampe mit warmem Licht beleuchtet wurde, und die Mireille erzählte von der Klavierstunde, wo sie derzeit unter der fachkundigen Anweisung eines Herrn Althapp ein Werk von Beethoven („Rule Brittania") erarbeitet. Mich interessierte es brennend, wie es in der Klavierstunde wohl so zugeht, und ich stellte mir vor, wie die Mireille auf ihre artige Art ständig Männchen macht.

Die Mireille erzählte, daß sie zuweilen sage: „Der Schemel ist mir eine Spur zu niedrig!"

„Werden Sie ja nicht ungezogen!" parodierte ich Herrn Althapp.

Herr Althapp hat in Mireilles Noten an einer Stelle „Höhepunkt!" hingeschrieben.

„Er hat mit dem Bleistift in Deinen Noten herumgewütet!" sagte ich. „Dererlei solltest du dir nicht gefallen lassen!"

Schließlich gingen wir auf den Weihnachtsmarkt. Auf dem Wege fabulierte ich der Mireille etwas vor: Ich erzählte von dem Orakel, das es vorsähe, daß sie in fünf Jahren mit Herrn Althapp verheiratet sei. Doch schon kurz nach der Eheschließung zeigt Herr Althapp sein wahres Gesicht: Unpersönlich und stets schlecht gelaunt. Eigentlich hat er die Mireille nur geheiratet, um sich mit einer kleinen Japanerin zu schmücken.

Die Hängebrücke über dem Main zitterte ein wenig, als wir drüberliefen, und der Weihnachtsmarkt am anderen Ufer wurde soeben zusammengeräumt. Wir waren zu spät. Ich lud die Mireille zu

einem Döner ein, und ärgerte mich schrecklich, daß
er 8,50 Mark gekostet hat, wo doch draußen klar und
deutlich 5,50 stand. Doch selbst das wäre viel zu
teuer gewesen.

Abends erfuhr ich, daß der „Knochen namens
Jochen", der in jenem Mietshaus in Trossingen lebt,
worin die Mireille noch immer über eine angemietete
Wohnung verfügt, bald heiratet. Es handelt sich bei
ihm um einen jungen Schwaben mit einem äußerst
rohen Händedruck, so daß Buzens liebliche Schwie-
gerschülerin Sching-Hua laut aufzuckte, als er sie
einmal begrüßte. Wie von einem Schraubstock
wurde das zierliche Händchen zusammengequetscht.

Wie nicht anders zu erwarten heiratet er die bleiche
Esther, eine fromme Studentin aus der Bläser-
abteilung.

Ich war schon fast zu lahm, um überhaupt zu Bett
zu gehen. Nur die Vorstellung, wir seien zwei
Lebenslängliche, und daß das Licht im Gefängnis um
22 Uhr automatisch erlischt, half ein wenig.

Sonntag, 29. November
Frankfurt - Trossingen

In Frankfurt grau.
Im Schwabenland blass und verschneit

Ich dachte an den tristen Alltag im Gefängnis: Im
Winter ist es meist viel zu kalt, und wenn man

arbeitet, so bekommt man 12 Pfennige Stundenlohn. Es dauert ewig, bis man sich einen kleinen Fernseher zusammengespart hat. Hie und da treffen Briefe mit der Botschaft ein, daß JESUS einen nicht vergessen habe.

Dann wiederum packte mich ein Traum am Wickel und entsog mich in eine Scheinwelt: *Das ich plötzlich ein ganz anderer Mensch war,* schien mich nicht weiter zu genieren: Im Traume *war ich nämlich die Nicole (der bedeutende Schlagerstar), die in einem Taxi irgendwo hinschoffiert wurde. Ich stak in einem sündhaft teuren hautengen schwarzen Lackanzug, und die Locken, die steil an meinen Schultern hinab in die Tiefe stürzten, glänzten wie pures Gold. Ich konnte es noch kaum glauben, und freute mich diebisch darauf, wie die Leute gleich spitzen werden, daß ich die Nicole bin. Das Taxi fuhr mich zur Berliner Philharmonie. Durch eine Glastür im Künstlerzimmer konnte man in den Saal schauen, der sich mit unzähligen Menschen füllte - allesamt in Spannung und Vorfreude. Zunächst sollte Anne-Sophie Mutter eine Beethoven Sonate spielen, doch sie hörte eigentümlicherweise gleich wieder auf. Allgemein dachte man wahrscheinlich, dies sei eine Störung, die gleich behoben werden würde. Im Saal gab es einen Tumult. Die Leute begannen laut zu schwatzen, und ich begab mich zu Rehlein und Buz, die mit einem Opernglas hoch oben auf einer der Balustraden Platz genommen hatten. Buz machte sich ein wenig lustig darüber, daß die Anne-Sophie die Albertibässe im Fortissimo, und hinzu mit einer Intensität spielte, als handele es sich um die Arie einer Sterbenden. Anne-Sophies Albertibässe hätten alle Aufmerksamkeit auf sich gezogen, und auf die schöne Melodie des Pianisten hörte niemand mehr.*

Dann sickerte der wahre Grund für den Konzertabbruch durch: Ein Herr im Publikum hatte die Anne-Sophie beleidigt. Er habe ihr mitten in ein hauchzartes Pianissimo hinein eine schmähende Bemerkung über ihr Kleid zugerufen, das ihm eine Spur zu eng schien, so daß es bei der nächsten Verbeugung womöglich einen Riss davontragen könne.

Das Frühstück nahmen wir in der Krankenhaus-cafeteria ein. Nachdem wir Platz genommen hatten, steigerte ich mich in einen Rausch darüber hinein, daß die Mireille doch ihren Doktor machen könne! Ich fühlte mich an, als sei ich in die Hülle von Mireilles Mutti gestiegen, der die Zukunft ihrer Tochter ein riesengroßes Herzensanliegen ist. In ein paar Jahren schreibt sie in ihrem Jahresrück-blicksbrief: „Mireille hat in die vergangenen fünf Jahre all das hineingepackt, was sie in den 32 Jahren davor versäumt hat: Studium, Doktorarbeit, Mann, Kinder, ein Auto...“

„All diejenigen, die früher künstlerisch-gönnerhaft über die Mireille hinweg gesehen haben, machen jetzt Kratzfüßchen und Männchen!“ schwärmte ich weiter.

Dann erzählte ich von Michiko Inoues Cembalo-abend heut vor 24 Jahren in Tokyo. Damals war ich erst zwölf und hätte nicht gewusst, ob die vereinzel-ten Darbietungen nun gut oder schlecht gewesen sein sollen? Für mein Ohr war´s halt nur Geriesl, doch dann erfuhr ich von den Erwachsenen, daß das ganz erschütternd gewesen sein soll: „Kein unten, kein oben, kein gar nichts!“ war man sich einig.

Trotzdem hat unser Nachbar Paul Dan die kleine Japanerin in seiner zwielichten Balkanesenart auf theatralische Weise umarmt, und schwärmerisch ausgerufen: „It was bjuuuutifull" Buz hingegen, der die Lüge verabscheut, gab ihr nur linkisch die Hand und lächelte dazu etwas zag.

Hernach begaben wir uns gemeinsam zum Bahnhof, und ich verabschiedete mich sehr herzlich von der Mireille und sagte gar, daß sie für mich eine Art Ersatzomi sei! (Nett und leicht beleidigend in einem.)

Der ICE, den ich nun bestieg, war wiederum angenehm ausgeapert. In meiner Sichtlinie saß ein feiner Herr und arbeitete an seinem Läptop. Kurz vor dem Ausstieg suchte er - Typus des Partners für die zweite Lebenshälfte - den Dialog mit mir. Er faselte etwas wenig Greifbares über Gitarren und Geigen, und prahlte schließlich damit, daß er acht Gitarren in seinem Besitz habe.

Um eine Minute verpasste ich den 14.31 Zug nach Singen, und war nun gezwungen, mehr als eine Stunde auf dem Stuttgarter Hauptbahnhof zu verlottern.

Auf der Rolltreppe machte mich ein Mohr an. „Grüß Gott!" sagte er und setzte ein Grinsen jener Art auf, von dem anzunehmen wäre, daß jede normal tickende Frau augenblicklich dahinschmelzen würde. „Mir fehle 13 Mark für eine Fahrschein. Könne Sie helfe??"

„Nein!" sagte ich verdrossen.

Schließlich saß ich im Zug nach Rottweil. Mit im Abteil saß ein blonder Geiger. Ähnelnd jenem Kellner in der „Galerie" (einem Studenten- und Professorenlokal in Trossingen) der mir mal einen Galerie-Gutschein ausgestellt hat. Typus des ehrgeizigen jungen Probespielkandidaten. Hie und da bohrte er verstohlen und in der wahnwitzigen Hoffnung, dies möge unbemerkt bleiben in der Nase, und sein Sitznachbar ab Horb tat dies ebenso.

In Rottweil erlebte ich eine Überraschung: Alles sahnig eingeschneit. Vati Kröger stand aber dennoch vor dem Bahngebäude und wartete auf mich. Ich war nicht so glücklich, mit dem einsilbigen Herrn zu fahren, da man einfach nicht weiß, was man ihm sagen soll. Bekundet man seinen heißen Dank, oder macht ihm ein Kompliment, so scheinen seine Gehörgänge gegen Worte dieser Art imprägniert zu sein. Man spricht sie aus, schmeckt ihnen mit den Ohren noch eine Weile hinterher, doch es ist, als seien sie nie gefallen.

Etwas verschämt und verklemmt saß ich somit neben ihm, hoffend, die Reise möge bald vorbei sein. Sitze ich jedoch mit *Mutti* Kröger im Auto, so wünschte ich zuweilen, die Fahrt möge niemals enden, besonders dann wenn es, so wie heut, draußen so kalt ist, daß ein Ausstieg aus dem Auto einem Ausstieg aus einem warmen Badezuber gleichkäme.

Mutti Kröger hatte ihrem Günther so rührend ein Abendessen für mich mitgegeben.

Wieder daheim.

Bald schon klingelte Buz. Grad so wie Herr Kröger litt auch Buz an einem Stockschnupfen, der einem die Nasenlöcher unvorteilhaft ausfranst, so daß selbst ein Beau wie Buz, dem kaum eine Frau widerstehen kann, in eine erbarmungswürdige Gestalt verwandelt wird.

Gemeinsam besuchten wir das Café am Markt, und Buz sprach davon, daß er mir ein Konzert in Frankreich vermittelt habe. Dann aber sprachen wir über Hildes Mohr, und Buz betonte auf ungezogene Weise, wie dumm der sei. Und dies ohne ihn zu kennen!

„Man soll doch keine Vorurteile haben - deine Worte!" rief ich, wenn auch nett im Tonfall, aus.

Nach dem Kaffeegenuß besuchten wir gemeinsam die Musikhochschule. Im begehrten Zimmer 132 - dem schönsten und größten Raum im Haus – mit einer Aussicht auf den Park und seinen schlanken und biegsamen Parkpfad, auf dem man alle naslang einen interessanten Kollegen sieht - spielte die Britta mit einer molligen Asiatin am Klavier die Franck-Sonate.

Als ich wieder heim lief, konnte ich es plötzlich kaum glauben, daß Buz über einen Mohren geschimpft hat, den er doch überhaupt nicht kennt, und der mich so nett zum Geburtstag angerufen hat und hinzu so wunderbar kocht. Gilt denn all dies gar nichts?

Montag, 30. November

Verschneit und bleich
wie zu meiner Kindheit in Bühlerthal

Wir waren eingeschneit, und das Licht der Straßen-
lampe, von handfesten Schneeflocken umwirbelt,
leuchtete ins Fenster herein. Ich versank in einen
Traum, und vermeinte, mich im wahren Leben zu
befinden: *Opa und Mobbl hatten sich das Kaffeetrinken
abgewöhnt, und tranken nurmehr euterwarme Milch aus
einem Eimer. „Dem Wänschtöslö* schmeckt´s bei uns nicht
mehr!" sagte Mobbl, und wollte grad eine entrüstungs-
schürende Gerlind-Geschichte hinzufügen,* als mich der
Wecker wieder ans Tageslicht riss.

*so wird Ming von seiner Oma genannt

Zum Frühstück schaute ich das Ehedrama
„Gerold gegen Gerold", wobei der Mann -
ungewöhnlich bei verzwisteten Ehepaaren - der
arschgeigenhaftere war. Er, ein verbitterter Wörko-
holiker, aussehend wie ein genmanipulierter,
vergrätzter Herr Horak, (unser Nachbar in
Ofenbach, der wiederum ausschaut, wie ein
genmanipulierter, *entgrätzter* Herr Gerold) (na, falls
der Leser mit dieser Info etwas anfangen kann!)

Seine Frau war schwanger von einem nicht ganz
eindeutigen Erzeuger. (Hausfreund Klaus: „Lieber
ein Kind mit zwei Vätern, als mit zwei Köpfen!"
Mutti Gerold: „Wahnsinnig witzig!")

Am Vormittag gab´s für mich so viel zu erledigen. Ich schrieb mir alles auf Abhakungsbasis in mein kleines Erledigungsbüchlein hinein. Doch auf der Post spürte ich mein mangelndes Talent in der Logistik doch sehr. Langweilige Aufgaben, wie beispielsweise, einen Nachsendeantrag zu stellen, oder aber der Telekom ermöglichen, das Geld von meinem Konto hinwegzuzwacken, damit ich nicht jeden Monat eine Mahnung bekomme, warteten auf mich.

Im Reisebüro überlegte ich ergeben, daß doch ein normales Leben immer so sei. Rehleins Vormittage sind stets randvoll mit Tätigkeiten dieser Art befüllt, und vielleich will es der liebe Gott ja gar nicht, daß man zum Luftschnappen kommt.

In Trossingen gibt es zwei Fotografen: Einen listigen und einen neurotischen, und beim neurotischen ließ ich vier Paßfotos schießen.

Ich muß nach Goldstaub suchen, dachte ich, denn ansonsten wird das Leben zu einem einzigen Verdrußballen.

Tatsächlich gab es zwei Begegnungen mit Menschen, deren Wellenlänge ich als angenehm empfand. Einer nette Frau im Rathaus und einem netten Herrn am Telefon, der einer abtrünnigen Koreanerin hinterher telefonierte, die einst neben mir gelebt hat. „Fragen Sie Frau Weisser!" gab ich fast überschwenglich Auskunft. „Unsere Musikschulsekretärin. Die ist allwissend. Daher auch der Name!"

Heute erwarteten wir einen lieben Gast: Die Veronika, direkt aus Pforzheim kommend, wo sie ihre Eltern besucht hatte. Buz marschierte los, um sie abzuholen, während ich noch kochte. Bei mir gab´s heut ein hochinteressantes Gericht, zu dem ich zwei Stunden lang Studentenfutter in frischgepresstem Orangensaft einweichen mußte.

Buz kehrte jedoch ohne die Veronika zurück, die im Hotel Schoch ersteinmal einchecken musste. Interessiert lauschte Buz der Interpretation von Beethovens Es-Dur Sonate mit Anne-Sophie Mutter, und fand es sehr persönlich gespielt. Sogar die leicht parfümiert wirkenden Agogiken nahm Buz „als gegeben" hin.

Dann klopfte es ganz zag an die Tür: Die Veronika war da. Überglücklich nahmen wir unseren Gast in Empfang.

Wir sprachen über das Emanzentum, denn das Emanzentum blättert von der Veronika gehörig ab, wenn sie erst in Buzens Aura sitzt. Buz trägt, wie mir die Oma mal erzählt hat, das seltene „Rattenfänger-Gen" in sich. Alle Leute, die in seiner Aura sitzen, tendieren dazu, sich seiner Meinung anzuschließen, auch wenn sie ihre eigene dafür in hohem Bogen über Bord schmeißen müssen.

Buz erzählte, wie Kehlein ihn ständig ermahnt. Doch er erzählte es auf eine Art, als wolle er das Ohr des Lauschenden ganz und gar auf *seine* Seite ziehen. Die Veronika kennt diese Probleme aus der Perspektive Buzens nur allzu gut, da *ihre* Mutti mit ihrem Mann ja ebenso zu agieren pflegt.

Heut erfuhren wir somit, daß Veronikas Mutti, die wir nur von ihrer Schokoladenseite her kennen, auch ganz anders sein kann. Ich versuchte, mich in sie hineinzuversetzen, und als der Veronika mal etwas hinabfiel, da sagte ich fast barsch: „Ach, pass doch auf!!" und als die Veronika den Schnipsel, oder was es war, zum Waschbecken hinschnippste, zitterte ich erbost mit dem Haupt und sagte fassungslos: „Jetzt schmeißt sie´s ins Waschbecken!"

Die süße Veronika lachte vergnügt.

Dann erzählte Buz Geschichten von der hübschen Colette und dem Professor Kebap. Eigentlich hauptsächlich von Colettes Prüfung, wo Buz sie als engagierter Juror gerade nochmal vor einem erbärmlichen Dreier bewahren konnte. Und zum Dank habe sich die Colette nie mehr gemeldet.

Heute joggte ich in einer herrlich bleich verschneiten Wetterlage. Der See war gefroren und mit Schnee bestäubt.

Wieder daheim holte ich Buz und Veronika zu einem kleinen Ausflug ins Caféhaus ab. Draußen war´s schon dunkel, und als wir am Bioladen vorbeiliefen, nahm ich einer spontanen Rührung zufolge beide an der Hand, als wenn´s meine Eltern wären.

Wir saßen im völlig menschenleeren Café am Markt, wo man sich so gut in den Fenstern spiegeln kann. Ich trank eine heiße Zitrone und aß einen Florentiner. Zunächst erläuterte Buz der interessierten Veronika die Studiengänge: KR, KA und OR. „Unwichtig bis zum geht nicht mehr!"

sagte ich, so wie der neunzigjährige Herr Herberger, als er mal gebeten wurde, von seiner Reise zu erzählen. Doch dann nahm ich mich still ins Gebet, und überlegte, daß ich meinem Papi vielleicht gar zu sehr auf der Nase herumtanze.

Ausgangsmodulierend vom Freitod des Herrn Gerdes sprachen wir über die Todesstrafe in Malaysien, und wogen ab, ob man hierzulande nicht vielleicht doch etwas härter durchgreifen solle.

Am späten Abend machte Buz, wie immer, als Letzter Feierabend. Herr Neipp, der altersgrämliche Pförtner, pochte an die Tür und sagte unmissverständlich: „Feierabend!" Und so begaben wir uns zum Abschluß eines langen Tages und eines ganzen Monats ins „Milano", wo auch heut wieder ein Pleitheitstag herrschte. Kaum Besucher. Wenn's so weitergeht, würde man das Milano über's Jahr schließen müssen. Die Pizzas sind mäßig, die Kellner sprechen kein deutsch, aber dafür gibt es jede Menge Illustrierte. Wir nahmen neben dem Mantelständer Platz, der wiederum neben dem Cigarretenautomaten steht, auf dem sich die Journale türmen. Buz und ich teilten uns eine Caprese und tranken je einen dicken Becher Glühwein, während die Veronika zu ihrem Salat einen Tee beorderte. Buz erzählte von seinem zehrenden Schnupfen, der ihn seit Tagen plagt.

Die Veronika interessiert sich sehr für Buzens geplante Musikschule, und der verschnupfte Buz fühlte sich wohl in seiner Rolle als Referator zu diesem Thema. Ich wiederum erzählte seifen-opernartig vom Trainingszentrum für Geigerei in Boston, das Noras Schwester Sybille in den Sommerferien besucht hat. Man hat es nach dem Vorbild eines gehobenen Eiskunstlauftrainigslagers gestaltet. Von früh bis spät wird hart trainiert. So, als gelte es Gold für sein Vaterland zu holen.

Personenverzeichnis:

Althapp, Herr, Klavierlehrer in Frankfurt (Geburtsjahr unbekannt)
Amalia, junge von Buz sehr geschätzte Pianistin aus Rumänien (*1974)
Annelotte, Flötistin aus Wien (*1967)
Antje, Lieblingstante in Bonn (angeheiratete Extante) (*1939)
Arthur, (*1963) Freund in Ostfriesland
Baier, Herr, Auricher Stadtmusikant und bester Freund (*1965)
Bea, (*1943) Tante mütterlicherseits in Kalifornien
Berke, Herr, (*1938) Vererhrer Rehleins in Ostfriesland
Birgit, (*1965) Sekretärin von unserem Freund Heiko in Aurich
Bloser, Herr, (*1947) mein Klavierlehrer in Trossingen
Britta, Studentin Buzens (*1972)
Christa, (1941 – 1993) Onkel Döleins erste Frau und Mutter seiner drei Söhne aus 1. Ehe
Cionczyk, Frau, Mutter einer Nachbarin in Grebenstein
Colette, (*1972) Studentin Buzens
Daaje, (*1994) älteste Tochter von Mings Exe Gerswind
Dan, Paul, (*1944) Nachbar und Konzertpianist in Tokyo
Deblon, Herr, (*1952) Bibliothekar in der Musikhochschule Trossingen
Dölein, (*1936) Onkel mütterlicherseits in Amerika
Dolores, Cellistin aus Wien (*um 1968)
Eberhard, (*1947) Onkel väterlicherseits in Berlin
Franz, (*1968) Buzens treuester Jünger aus Taiwan
Friedel, (Fiddi) Lieblingsvetter in Bonn (*1962)
Fritzi, (*1971) Student Buzens
Gerhard, (*1978) Sohn von unserem Onkel Hartmut in Münster
Gunter, Student Buzens (*1969)

Hanlin, (*1974) Studentin Buzens aus Taiwan

Hartmut, (*1945) Onkel väterlicherseits in Münster

Heiko, (*1961) lieber Freund in Aurich

Henning, Klavierstudent mit ostfriesischen Wurzeln aus Wien (*um 1978)

Hilde, (*1964) Exe Buzens

Hinnerk, (*1962) Vetter in Bonn

Hopf, Ulrike, (*um 1955) Haushälterin von Herrn Herberger

Ilka, Cellostudentin mit ostfriesischen Wurzeln in Köln (Geburtsjahr unbekannt)

Ilslein (Ilse), (1913 – 1996) Opas Kusine in Ofenbach

Ivo, (*1955) zweiter Geiger in Buzens Lamberti-Quartett

Jan M., niederländischer Klarinettenspieler. Geburtsjahr unbekannt

Jesse, (*1946) zweiter Mann von der Tante Bea in Amerika

Kämmerling, Klavierprofessor (*um 1930?)

Katharina, (*1959 liebe Freundein im Schwabenland

Kettler, Frau, (*1947) Telefonfreundin aus Basel

Kleinberg, Herr, Fagottprofessor in Trossingen (Geburtsjahr unbekannt)

Linda(lein), (*1973) älteste Tochter von unserer Tante Bea in Kalifornien

Li-Shue-Ing, alte Freundin von Rehlein und Buz aus Taiwan (*um 1939)

Lüvers, Frau, ganz nette Frau in Ostfriesland (*1937)

Margarethe, (*1970) Freundin in Karlsruhe

Marie-Helene, (*1979) Studentin Buzens

Martin, Familie, Familie in Aurich: Vati Johann, Mutti Christiane, Hendrik und Evi

Mireille, (*1966) liebe Freundin aus Kindertagen in Frankfurt

Ovidiu, (*1962) rumänischer Kontrabassist

Pascal, (*1991) Söhnchen von Buzens Verehrerin Ruth L.

Rainer, (*1934) Rehleins Bruder in Toronto

Reichmanns, (*1928/1930) altes Ehepaar, das ich in Trossingen beim Spaziergang am See kennengelernt habe

Reimers, Rektoreneheleute in Trossingen (*1941/1942)

Reimich, Frau, (*1958) Reinmachefee in Grebenstein
Rübel, Pastor, Geistlicher aus Aurich (*1934)
Ruth L., Lehersfrau in Ostfriesland (Geburtsjahr unbekannt)
Ruth, Tante, (*1926) Ehefrau von Opas verstorbenem Bruder, dem Onkel Helmut (*1927 – 1995)
Simone, (*1975) ehem. Studentin Buzens
Susi, (*1983) Tochter von unserem Onkel Hartmut in Münster
Tino, ein Geigenschüler Rehleins (*1985)
Weisser, Frau, (*1942) Sekretärin in der Musikhochschule
Veronika, (*1945) unsere beste Freundin in Nürnberg
Yossi, (*1947) Spezi Buzens. Bratscher und Genie